D-Day
DEMOKRATIE
Feuertaufe
Zwischen den Zeiten
Durch die Wälder
durch die Auen
Melder
DIKTATUR
Gefreiter
R.O.B.
Soldat
Reichsarbeitsdienst
Luftwaffenhelfer
Wehrertüchtigungslager
Hitler-Jugend
Jungvolk
Schule
Rette sich wer
kann

Hans Luz

Im Feld zwischen den Zeiten

Meine Wanderung
als 18-jähriger Soldat
durchs Schwäbische Unterland
im Frühjahr 1945

Reinsburg-Verlag

Redaktion: Dr. Karlheinz Fuchs, André Wais
Produktion & Layout: Verlagsbüro Wais und Partner, Stuttgart
Umschlag: Bernd Schuler, nach einer Zeichnung von Hans Luz
Druck und Binden: Gulde Druck, Tübingen

Printed in Germany
ISBN 978-3-00-026679-9

Inhalt

Einleitung

Hans Luz gehört der sogenannten Flakhelfergeneration an, dem „skeptischen Jahrgang“ 1926, der nicht mehr an den Endsieg glauben mochte. Diese Jahrgänge von 1926 bis 1927 mit ihrer später so unbedingten, oft kompromisslosen Fortschrittswilligkeit, ihrem Lebens- und Bildungshunger, war prägend für uns Nachkriegsjahrgänge, weit mehr als all die Väter und Lehrer, gegen die wir ja 1968 und in den Jahren darauf heftig aufzubegehren begannen.

Der Schriftsteller Dieter Lattmann, auch er 1926 zur Welt gekommen, gibt in einem kurzen Abriss das politische Schicksal seiner Altersgenossen wieder: „Als die Weimarer Republik kollabierte, wurden (wir) eingeschult ... Kindheit war ... eine Prozession des Gehorsams ... (bis zur) kollektiven Selbstaufgabe unserer Generation. Wir kannten keine Tradition des Ungehorsams!“ Und er kommt für sich selbst zu dem bitteren Resümee: „So sehr ich innerlich aufbegehrte, mir fehlte der Mut zum Ausbrechen.“

Lattmanns Eingeständnis entstammt dem Band „Jahrgang 1926/27“ des Verlegers Alfred Neven Du Mont, selber 1927 geboren und deshalb auch er jener Generation zugehörig, die in jüngster Zeit allerdings ins Gerede geraten ist, weil übereifrige Zeitungsschreiber ihre Namen auf Mitgliederlisten der NSDAP entdeckt haben.

Auch Hans Luz wurde Ende 1944 wie so viele seines Jahrgangs dem „Führer“ als „Morgengabe“ für ein „neues Deutschland“ übergeben, ohne es zu wissen. Bei ihm war es so, dass der Blockwart seiner gutgläubigen Mutter eingeredet hat, alle Achtzehnjährigen würden in die Partei aufgenommen. So war die Übernahme in die NSDAP gewissermaßen Bestandteil des Zwangslebenslaufs der „Unterlinge“ im NS-System, wie der ebenfalls Jahrgangsbetroffene und berühmte Germanist Karl Otto Conrady sie nennt und deren Jugendkarriere er so beschreibt:

- mit 10 Jahren im Jungvolk
- mit 14 Jahren zur HJ oder Pimpfenführer im Jungvolk
- mit 18 Jahren Übernahme in die NSDAP und zugleich Einberufung zur Wehrmacht.

Mehr als acht Millionen Jungmädel und Pimpfe waren in der NS-Staatsjugend dienstverpflichtet. Und mindestens ebenso viele Erwachsene waren Parteimitglieder. Aber im Gegensatz zu den „Alten“, die sich der NSDAP aus oft durchsichtigem Opportunismus aufdrängten, mussten die Jungen meist „beigetrieben“ werden – „durch einschlägige Solidaritätsbekundungen im Kollektiv von Flakhelfer-Schulklassen, von Hitlerjugendgenossenschaften oder auch bei Rekrutenappellen“, so der Politologe Hermann Lübbe, auch er vom Jahrgang 1926.

Wo wäre denn ein Ausweg gewesen aus so viel Zwang? Hans Luz findet ihn in der Literatur, die ihm über die „Münchner Lesebogen“ präsentiert wird, eine Art vorausgelesene Klassikerauswahl für den deutschen Landser im Feld. Darunter die Schwaben Schiller, Uhland, Mörike. Und natürlich Goethe. Luzens „Faust“ etwa, am Ende mit amerikanischem Heeresklebeband zusammengehalten, ist eigentlich ein Exemplar fürs Marbacher Literaturmuseum, als Belegstück für die Unbedingtheit von Literaturrezeption um 1945, in Krieg und Gefangenschaft. Bei seinen drei Wochen Kriegsaufenthalt im württembergischen Unterland entdeckt Luz vor allem die „Romantik“. Keinesfalls allerdings die Heines. Ihn gab es offiziell nicht und seine allbekannte „Loreley“ war damals, wie Luz erzählt, mit der Autorenzeile „Dichter unbekannt“ versehen. Romantik existierte so eher in einer robusten, aktivistischen Spielart, Eichendorff insbesondere etwa mit seinem „Hinaus“ und den „rüstgen Gesellen“, die zum „ersten Mal von Haus“ zogen oder dem „Taugenichts“, der „sein Sach' auf Nichts gestellt“ hat und für den galt, „Fahre zu! Ich mag nicht fragen, | Wo die Fahrt zu Ende geht!“

Bei Hans Luz endete die erste große Fahrt in amerikanischer Kriegsgefangenschaft. Er begreift seine drei Wochen Kriegsbeteiligung in den hier vorliegenden Erinnerungen nach eigenen Worten keinesfalls als „Heldengeschichte, sondern eher ... wie eine zeitweise lebensgefährliche, zeitweise romantisch-unwirklich verklärte Wanderung durch das schwäbische Unterland im Frühling 1945.“ Umhängen hatte er dabei allerdings einen Karabiner und nicht wie seine Eichendorffschen Gesellen, die Laute.

Luz hat sich auf all das vor mehr als 25 Jahren wiederbesonnen und den inhaltlichen Kern seiner Erinnerungen in einer Skizze über Demokratie und Diktatur festgehalten (siehe Umschlag). Später hat er dann seine Erinnerungen, im Wesentlichen an die Jahre zwischen 1933 und 1947, zu Papier gebracht. Entstanden ist dabei ein höchst intensives Erinnerungsprofil, das uns auch hier wieder Wert und Authentizität erlebter Geschichte vor Augen führt, auch wenn das, was man im Fachbegriff „Oral history“ nennt, von der strengen Wissenschaft nach wie vor bezweifelt wird. Aber Hans Luz erweist sich als unbeirrter Geschichtswanderer zwischen Krieg und Frieden, zwischen Diktatur und Demokratie, er gibt uns auch anschauliche Einblicke in Prägungen und Gefühlslagen der eigentlichen Wiederaufbaugeneration.

In seinen vorliegenden Aufzeichnungen nennt Luz als Berufswunsch einmal „Wanderer“. Er ist es auf eigene Weise geworden

– als Spiritus rector des „Grünen U“ für seine Heimatstadt Stuttgart aus Anlass der IGA 1993, der großen Wanderung aus der Talsohle hinaus und hoch zum Killesberg über eine eigens geschaffene romantische Szenerie insbesondere am Wartberg, wo eine Art Klein-Württemberg entstanden ist, sozusagen als Miniatur der bei seiner Kriegswanderung intensiv erfahrenen Heimat, wovon seine Aufzeichnungen so anschaulich künden.

Stuttgart, im Februar 2009
Karlheinz Fuchs

I

Vom Feld

„So, kommed Se aus em Feld?“ Mit diesen Worten begrüßte mich Notar Lörcher, ein Bruder des Bildhauers Alfred Lörcher, im März 1947, als ich seine Kanzlei in der Lange Straße aufsuchte. Er war der Testamentsvollstrecker meiner Eltern. Ich bin nach dem Krieg als Einziger der Familie übrig geblieben.

Mein Vater war schon 1929 gestorben, mein Bruder 1944 in Russland gefallen, meine Mutter und meine Großmutter waren an einem Sonntagmorgen im März 1945 bei einem Fliegerangriff in unserem Haus in der Lerchenstraße ums Leben gekommen. Mich hatte man im Februar 1947 aus amerikanischer Kriegsgefangenschaft entlassen.

Ich, noch nicht volljährig, musste, bevor ich mit dem zerstörten Haus irgendetwas anfangen konnte, zuerst einmal zum Notar. Ich hatte Stuttgart noch im Dritten Reich verlassen. Für mich war alles erst einmal ganz anders, neu und fremd.

Zumal auch hier, wo ich, solange ich warten musste – die Kanzlei bestand, wie es damals war, nur aus einem einzigen Raum –, Zeuge einer Firmengründung wurde mit dem Namen Wotrazet, die sich mit dem Transport von Wohnungseinrichtungen aus der russischen in die amerikanische Zone befassen wollte.

Es war mir nach allem anderen zu Mute, als „aus dem Feld“ zu kommen. Ich war eindreiviertel Jahre in Gefangenschaft gewesen, doch nie „im Feld“. Aber die Kriegsveteranen des Ersten Weltkriegs, ein solcher war der Notar Lörcher wohl, sprachen in ihren Erinnerungen immer nur vom „Feld“. Für sie war „im Krieg“ auch „im Feld“.

Im Sprachgebrauch der NS-Parteigänger kam das „Feld“ oft vor. Immer mit einer etwas ehrfürchtigen Betonung. Vom „Feld der Ehre“ war die Rede. Die Geschichtsbücher waren voll von „Schlachtfeldern“, auf denen „Ruhm und Ehre“ zu gewinnen waren. *Ich habe Lust im weiten Feld zu streiten mit dem Feind* hat man gedankenlos gesungen. Sogar Schiller war mit dabei: *Wohlauf Kameraden, ins Feld ...*

Am ersten Kriegstag hatte „der Führer“ sein „braunes Gewand der SA“ demonstrativ mit dem „feldgrauen Rock der Soldaten“ vertauscht und in seiner Rede zur Kriegserklärung feierlich verkündet, er werde ihn tragen „bis zum deutschen Endsieg“. Und dann gab es einen „Feldzug“ nach dem anderen. Den „Polenfeld-

Felddienst, der Gefechtsdienst im Gelände, umfaßt Märsche, Gefecht, Unterkunft, Sicherungsdienst, Befehlserteilung, Nachrichtendienst, Pionierarbeiten, Nachschub. Er wird in Felddienstübungen und im Manöver in größeren Verbänden geübt. Im alten Reichsheer war er durch die Felddienstordnung von 1900 geregelt.

Feld, der Kampfplatz, das Schlachtfeld, dann der Krieg überhaupt. Feldzug, ein in sich geschlossener Kriegsabschnitt.

„Feld“ und „Felddienst“, Stichworte aus dem „Militärischen Wörterbuch“, 1940 im Stuttgarter Kröner Verlag erschienen. Es wird diese Aufzeichnungen immer wieder begleiten. Zu Sinn und Zweck dieses Nachschlagewerks heißt es im Vorwort, es solle „... dem Wehrgedanken im ganzen deutschen Volke dienen“ und „... jedem, der sich für die Wehrmacht interessiert, eine knappe Auskunft über auftauchende Fragen“ bieten. Auf 456 Seiten sind dabei Stichworte von „Aa“ (einem russischen Fluss, an dem die deutsche 8. Armee 1917 starke russische Angriffe abgewehrt hat) bis „Zwischenwerk“ versammelt. Allein zum Begriff „Feld“ gibt es 68 Nennungen, von „Feldapotheker“, „Feldbischof“ oder „Feldbluse“ über das „Feldgeschrei“, den „Feldkuraten“, den „Feldwebel“ natürlich bis hin zum „Feldzug“.

zug“, den „Frankreichfeldzug“, den „Russlandfeldzug“, den „Afrikafeldzug“. Aber nur bis zur Hälfte des Krieges. Danach hieß es: „Zurücknahme der Stellungen in strategisch günstige Positionen“, „Frontbegradigung“, „Abwehrkampf“ und zum Schluss „Abwehrschlacht“.
Die gemeinen Landser nannten das „Rückzug“. Die sprachen von der Front, von ihrer Stellung, aber nie vom „Feld“. Und auch von uns Jungen wurde das Wort „Feld“ im Sinn von „Kriegsschauplatz“ nicht gebraucht. Aber wenn ich im Nachhinein überlege, wie und wo ich das Kriegsende erlebt habe, so war ich ganz zum Schluss vielleicht doch auf und in einem Feld.
Anfang April 1945 drangen die amerikanischen Truppen langsam, aber unaufhaltsam nach Württemberg vor und setzten dem „Dritten Reich“, in dem ich aufgewachsen und groß geworden bin, ein Ende. Sie waren zwischen Neckar und Löwensteiner Bergen, in unserem schönen schwäbischen Unterland, angekommen. Dort trieb ich mich drei Wochen lang, vom 1. bis zum 22. April 1945, herum – oder besser, wurde herumgetrieben. Das Unterland wurde für mich ein Feld zwischen den Zeiten.

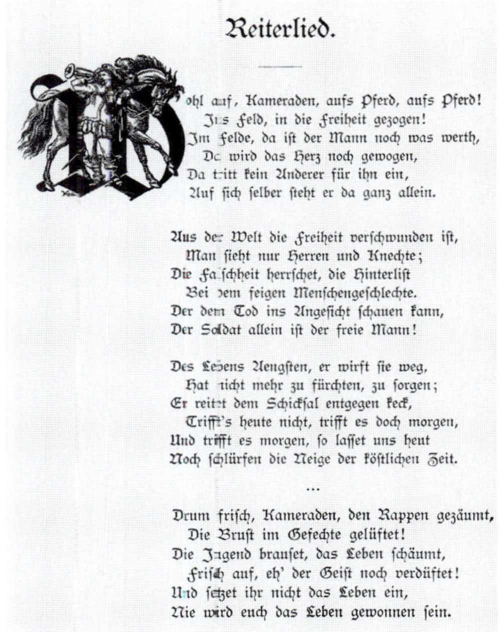

Reiterlied.

Wohl auf, Kameraden, aufs Pferd, aufs Pferd!
Ins Feld, in die Freiheit gezogen!
Im Felde, da ist der Mann noch was werth,
Da wird das Herz noch gewogen,
Da tritt kein Anderer für ihn ein,
Auf sich selber steht er da ganz allein.

Aus der Welt die Freiheit verschwunden ist,
Man sieht nur Herren und Knechte;
Die Falschheit herrschet, die Hinterlist
Bei dem feigen Menschengeschlechte.
Der dem Tod ins Angesicht schauen kann,
Der Soldat allein ist der freie Mann!

Des Lebens Aengsten, er wirft sie weg,
Hat nicht mehr zu fürchten, zu sorgen;
Er reitet dem Schicksal entgegen keck,
Trifft's heute nicht, trifft es doch morgen,
Und trifft es morgen, so lasset uns heut
Noch schlürfen die Neige der köstlichen Zeit.

...

Drum frisch, Kameraden, den Rappen gezäumt,
Die Brust im Gefechte gelüftet!
Die Jugend brauset, das Leben schäumt,
Frisch auf, eh' der Geist noch verdüftet!
Und setzet ihr nicht das Leben ein,
Nie wird euch das Leben gewonnen sein.

Friedrich von Schiller, „Reiterlied“ aus „Wallensteins Lager“.

Schlittschuh auf dem Feuersee

Angefangen hat alles – die „neue“, unsere Zeit – mit dem 30. Januar 1933. Der Winter muss kalt gewesen sein, denn der Feuersee war zugefroren und man konnte Schlittschuh fahren. Wir hatten alle Schlittschuhe. Es waren Modelle, die man vergrößern oder verkleinern konnte und die unter die normalen Stiefel geschraubt wurden.
Am Feuersee musste Eintritt bezahlt werden, und deshalb hatte meine Mutter mir Geld mitgegeben. Ich weiß nicht mehr genau, wie viel – es waren wahrscheinlich 50 Pfennig. Das war mehr als der Eintritt, der vielleicht 20 Pfennig ausgemacht hat. Gleich neben dem Eingang zum See – neben dem Törle, bevor es die Treppe hinunterging – war ein Wurststand. Da schrie einer: „Heiße, Heiße, gottsallmächtig Heiße!“ Das hat mir sehr gefallen, denn rote Würste waren das Höchste für mich. Süßigkeiten mochte ich nie, und auch meine Patentante brachte mir immer Brezeln mit viel Salz, meinem Bruder aber Schokolade. Ich habe also lieber Wurst gegessen und das Butterbrot ins Salzfass geworfen, sodass es mit Salz bedeckt war. Eine rote Wurst aber war etwas ganz Besonderes: Die gab es nur einmal in der Woche, am Samstagabend. Ich drehte meine Runden auf dem Feuersee, mit dem Rausgeld, 30 Pfennig, in der Tasche. Immer mal wieder fuhr ich am Wurstständle vorbei, habe aber nicht gewagt, eine zu kaufen. Aber je

Eislaufen auf dem Feuersee, einst ein Stuttgarter Wintervergnügen mit „gottsallmächtig heißen Roten".

besser es dort roch, umso weniger habe ich widerstehen können. Schließlich habe ich mir die Wurst geleistet und sie dort gegessen. So ganz gut war sie nicht, weil ich ja ein schlechtes Gewissen hatte. Aber immerhin hatte ich eine „heiße Heiße, gottsallmächtig Heiße". Dann wurde es langsam dunkel, vier, halb fünf. Ich musste mich auf den Heimweg machen und hatte ein donderschlechtes Gewissen. Denn ich hatte ja einfach das Rausgeld verputzt, ohne dass meine Mutter es erlaubt hätte. Und so schlich ich langsam die Johannesstraße hinauf, das ist ein langer, gerader Buckel. Zuerst kam die Schlossstraße, dann die Militärstraße, die Lindenspürstraße, dann die Forststraße. Mir wurde es immer mulmiger ums Herz. Rosenbergstraße, bei der Landwirtschaftsbank um die Ecke, es wurde immer dunkler. Hausnummer 65, dann unsere schmale Einfahrt zur Nummer 67. Es war schon ganz dunkel und ich mit meinem furchtbar schlechten Gewissen habe geläutet und mich gefragt, wie ich das wohl meiner Mutter und meinen Großeltern beibringe.

Die Großeltern aus Hamburg waren im Winter immer bei uns und der Großvater war mehr als sparsam. Damals gab es bei der Straßenbahn noch Zahlgrenzen: Großvater ist immer bis zur Seidenstraße hinunter gelaufen, weil er so 5 Pfennig sparen konnte. Und dem sollte ich jetzt beibringen, dass ich mein ganzes Rausgeld verprasst hatte.

Aber, oh Wunder, daheim war schreckliche Aufregung. Alle saßen beieinander, diskutierten und redeten: Es hieß, die Nazis seien am Ruder. Ich wusste, dass es die sind mit den braunen Hemden und den Kappen, und habe mir vorgestellt, sie säßen in einem Boot und ruderten. Dann war von Hugenberg die Rede und von Papen und von Hitler und alles Mögliche und Durcheinander. In diesem Durcheinander und aufgeregten Diskutieren kümmerte sich niemand darum, dass ich da war und kein Rausgeld mehr hatte. Und so war ich eigentlich der erste Nutznießer dieser Machtergreifung. An deren Ende war der Schaden allerdings größer als die dreißig nicht geahndeten Pfennige für eine rote Wurst am 30. Januar 1933.

Oben: Auf der Terrasse des berühmten Malers, Entwerfers und Architekten Bernhard Pankok, wohl um 1929. Pankok war von 1913 bis 1937 auch Leiter der Stuttgarter Kunstgewerbeschule (heute Kunstakademie). Das Haus in der Alexanderstraße 35 steht nicht mehr. Auf dem Bild erkennt man ganz links Pankok, daneben seine zweite Frau Marianne. Dann ich auf dem Schoß meiner Mutter, daneben steht mein Bruder Karl. Unter den Blüten die Mutter von Marianne Pankok und daneben mein Vater. Er selbst hat immer nur seine Frau und uns Kinder fotografiert. Es ist deshalb das einzige Bild, auf dem wir alle zusammen sind.
Unten: Im Garten unseres Hauses Lerchenstraße 67. Von links Tante Mathilde, mein Bruder, ich vor meiner Mutter, Herr Sorge, der Maler Roland Niederbühl, Toni Niederbühl geb. Haustein, Johanna Haustein und Professor Paul Haustein von der Kunstgewerbeschule.

Die Familie, die Freunde

Wenn ich mich jetzt an diese Zeit erinnere, frage ich mich im Nachhinein natürlich auch, wie wohl die Einstellung dieser drei, und die Einstellung unserer Familie überhaupt, zu diesem Ereignis war.
Mein Vater war ja schon 1929 gestorben. Er hätte den Veränderungen wahrscheinlich sehr reserviert gegenübergestanden. In der Familie Luz waren alle selbständige Gärtner und Handwerker, dabei Württemberger, alles andere als Untertanen und, mit Ausnahme meines Vaters, leicht pietistisch angehaucht. Insgesamt waren sie wohl kaum begeisterte Gefolgsleute eines Führers.
Mein Vater war mit Künstlern befreundet, gehörte dem Werkbund an und hatte viel mit Architekten vom Bauhaus zu tun, die ja alle ein bisschen links waren. Er hatte Bauherren und Freunde, die Juden waren. 1933 wäre er schon über 60 gewesen und er hätte sicher Schwierigkeiten gehabt mit den jungen Parteigenossen und SA-Leuten, die an wichtige Stellen und in leitende Positionen rückten. Vielleicht hätte er auch mit dem Ortsgruppenleiter Krach bekommen. Oder er hätte sich aus Geschäftsinteresse arrangiert. Aber leicht hätte er es wahrscheinlich nicht gehabt.

Ganz anders die Familie meiner Mutter. Meine Mutter war, den Schilderungen der Freundinnen und Bekannten zufolge, eine herzensgute Frau. Sie hatte es aber als alleinerziehende Mutter nach dem Tod meines Vaters nicht leicht, in der Zeit der Wirtschaftskrise von 1929 bis 1933, einer Phase der Krawalle und ständigen Unsicherheiten, sich und uns zwei Kinder durchzubringen. Sie sah vielleicht dem Nationalsozialismus mit einer gewissen Hoffnung auf Besserung entgegen.

Mein Großvater war Braunschweiger Unteroffizier bei der bespannten Artillerie, ein „Zwölfender", wie die nach zwölf Dienstjahren pensionierten Feldwebel oder Wachtmeister genannt wurden. Nachher wurde er Justizoberinspektor, also ein kleiner Beamter. Ich nehme an, er war Monarchist. Ihm wäre es vermutlich lieber gewesen, wir hätten noch einen Kaiser gehabt und einen Kanzler wie Bismarck, den er verehrte. Er besaß Bilder von Bismarck und unter seinen Büchern waren dessen „Gedanken und Erinnerungen". Vielleicht war er ein bisschen beruhigt, weil über allem noch der gute alte Hindenburg stand und in der neuen Regierung außer nationalen Sozialisten auch noch Deutschnationale wie Hugenberg, Papen und Neurath dabei waren.

Nun, das sind alles Mutmaßungen und Vermutungen. Ich weiß nicht, was sie geredet und gedacht haben. Auf alle Fälle war ich zufrieden und froh, so glimpflich davongekommen zu sein.

Meine Mutter mag sich vielleicht doch einiges erhofft und erwartet haben, denn mit uns Kindern ging sie am 21. März zum Schlosshof, wo eine Kundgebung für die neue Regierung stattfand. Es war der „Tag von Potsdam", die Begegnung von Hitler und Hindenburg. Wir standen am Rand des Schlosshofes und sahen den Aufmarsch, voran die Reichswehr, dahinter die anderen Gruppen und Formationen, alle in Dreierreihen, die meisten in SA-Uniform, aber auch viele in irgendwelchen Phantasieuniformen mit einer Hakenkreuzbinde. Ganz am Schluss kamen ältere Männer in Zivil, das waren die Veteranen des Ersten Weltkriegs. Sie hatten ihre Stöcke und Schirme so geschultert, als ob es Gewehre wären. Auch sie waren offensichtlich stolz und begeistert, dass eine neue Zeit begann. Dazu gab es viel Marschmusik, zackige Befehle und dann laute Reden, viele Heil!- und Sieg-Heil!-Rufe und am Schluss das Deutschland- und Horst-Wessel-Lied. Und ich sah an diesem Tag zum ersten Mal, wie ein Mensch ohnmächtig und mit Hoffmanns Tropfen wieder aufgepäppelt wurde.

Es gibt auch ein kleines Beispiel dafür, dass die väterliche Seite nicht so begeistert gewesen ist: Wir bekamen immer noch Besuch von den Freunden meines Vaters, den Künstlern Bernhard Pankok mit seiner Frau, Paul Haustein mit seiner Frau Johanna, einer interessanten Person – eine Pianistin mit weißem Haar und wallenden Gewändern –, von Alfred Lörcher und vielen anderen Freunden und Bekannten.

Der „Tag von Potsdam" am 21. März 1933, die feierliche Eröffnung des neu gewählten Reichstags mit dem Reichskanzler Adolf Hitler in der Potsdamer Garnisonskirche, wurde auch auf dem Stuttgarter Schlossplatz mit nationalem Pomp begangen: Reichswehr, Veteranenverbände (unsere Bilder), SA, SS, Stahlhelm, studentische Korporationen und NSDAP-Sympathisanten hatten sich zu einem großen Aufmarsch eingefunden.

An einem Sonntag wollte Paul Haustein, Professor an der Kunstgewerbeschule, wissen, was ich in letzter Zeit so gezeichnet hätte. Ich habe als Kind viel und gern gezeichnet und ihm Verschiedenes gezeigt. Ein Blatt war dabei, das ich von einem Buch oder einer Postkarte abgezeichnet hatte: *Braunau am Inn, die Geburtsstadt des Führers.* Ich weiß nicht so recht, warum, vielleicht wollte auch ich mit der neuen Zeit gehen. Paul Haustein meinte etwas ärgerlich, das sei zwar nicht schlecht gezeichnet, aber von so einem Kerl die Geburtsstadt zu zeichnen, das solle ich nie wieder machen. Im Lauf der Zeit hat man dennoch so manches Hakenkreuzfähnchen zeichnen müssen.

Links: Zeppelin über Stuttgart, wohl im Jahr 1938, begrüßt von den Bewohnern der Lerchenstraße 67. Bis auf mich (vorne rechts) sind alle beim Fliegerangriff vom 4. März 1945 umgekommen.
Rechts: Auf der Treppe des Gartenausgangs in der Lerchenstraße: Onkel Henry (Bruder der Mutter), Tante Herta, seine Frau, meine Mutter, mein Bruder, Großvater Sieling, Großmutter Sieling und ich mit Knickerbocker (von links).
Unten: Von früh an auf Hakenkreuz-Kurs! Ich war neun bei dieser Betrachtung über Leni Riefenstahls Parteitagsfilm „Triumph des Willens", den wir 1935 im Stuttgarter UfA-Palast auf der unteren Königstraße sehen „durften".

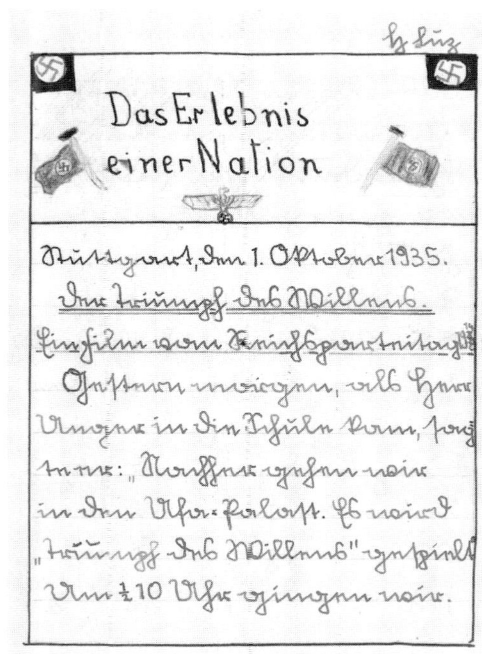

II

Der lange Weg zum „wehrertüchtigten Volksgenossen“

Strammstehen beim Jungvolk im Hof der Moltke-Schule und ...

... den Jungpimpfen, noch in Zivil, vor der Rotebühlkaserne.

Ernst wurde es für mich eigentlich erst ab 1936, denn mit zehn Jahren kam man ins Deutsche Jungvolk. Mein Bruder war schon seit 1933 im Jungvolk, da die christlichen Pfadfinder, denen er bis dahin angehört hatte, mitsamt ihren Wimpeln und Zelten in das deutsche Jungvolk überführt wurden. Er war, im Gegensatz zu mir, ein guter Sportler und wurde bald Jungenschaftsführer, später Jungzugsführer und sogar Fähnleinführer. Dagegen blieb meine Karriere dort eher bescheiden.

Der Dienst im Deutschen Jungvolk bestand zum großen Teil aus Exerzieren – Strammstehen! Rechts um! Links um! Kehrt! –, aus „Geländespielen“, Wehrkunde, Schießübungen und „Heimatabenden“ mit, je nach Führer, mehr oder weniger nationalpolitischem Unterricht. Der Dienst hatte aber auch vielerlei romantische Seiten: Wanderungen, Radtouren, Sitzen am Lagerfeuer mit manchem alten Volkslied und den überkommenen Liedern aus der bündischen Jugend. Bei Appellen sang man *Vorwärts, Vorwärts schmettern die hellen Fanfaren...* und am Lagerfeuer *Drei Zigeuner fand ich einmal...*

Das Jungvolk war hierarchisch unterteilt: Die kleinste Einheit war die Jungenschaft mit einem Jungenschaftsführer und einem rot-weißen Bändele. Drei Jungenschaften waren ein Jungzug mit einem Jungzugsführer und einem grünen Band, das aber schon an der Achselklappe hing. Drei Jungzüge bildeten ein Fähnlein mit einem Fähnleinführer und einer grün-weißen Kordel, die auch an der Achselklappe hing. Mein Fähnlein war das Fähnlein Reinsburg und später Hasenberg. Die Jungzüge waren nach Landsknechtsführern benannt. Ich war im Jungzug „Frundsberg“.

Jeder Jungzug hatte ein Heim, meist irgendein Keller. Unserer war in der Schwabstraße, unterhalb vom Rosenbergplatz. Dort gab es auch einen Schaukasten, in dem die Dienste angekündigt wurden, etwa am 20. April und 9. November, und wer befördert worden ist. Ich schaute lange Zeit vergeblich nach.

Ganz wichtig für die jungen Pimpfe war, dass man sich den Schulterriemen und das Fahrtenmesser erst verdienen musste. Ich war kein guter Sportler, um nicht zu sagen ein schlechter. Ich kriege heute noch Magengrimmen, wenn ich vom Westbahnhof

hinauffahre zum Birkenkopf: Da sind links Betonmauern, die langsam ansteigen, von mäßiger zu immer größerer Höhe. Es galt als Mutprobe für den Schulterriemen, dort hinunterzuspringen. Derjenige war der größte Held, der von der größten Höhe heruntersprang. Ich war natürlich unter denen, die es an der niedrigsten Stelle probiert haben. Selbst davor hatte ich noch riesig Schiss und war froh, als ich es endlich geschafft hatte.
Ich war 13, als der Krieg begann. Ich habe noch den Klang der Stimme Adolf Hitlers in den Ohren, als er rief „Seit heute Morgen 5 Uhr 45 wird zurückgeschossen, und von nun an wird Granate mit Granate, Bombe mit Bombe vergolten, und wenn sie eine werfen, werfen wir zehn, und wenn sie hundert werfen, werfen wir tausend" und so fort. Dann überschlug sich seine Stimme zu dem Satz „Am Ende aber steht der deutsche Sieg". Daran zweifelte damals kaum jemand. So war ich in der ersten Hälfte des Krieges, wie die meisten Jungen, ein durch markige Worte, Sondermeldungen, Wehrmachtsberichte und Wochenschauen begeisterter und siegessicherer Zuschauer. Im Stillen wäre wohl jeder gerne so ein Held gewesen, wie die allseits gefeierten Ritterkreuzträger. Manch einer hatte Angst, der Krieg könnte zu Ende sein, bevor er mitmachen durfte.
Schon bald gab es aber zunächst kaum merkbare, später immer deutlicher spürbare Einschränkungen und Veränderungen: Bezugsscheine, Lebensmittelkarten, Malzkaffee, Kunsthonig, dunkle Straßen, Notausstiege aus Kellern, erste Kriegsversehrte, Gefallenenanzeigen, Holzgasautos...
Wir hatten keine Verwandten auf dem Land oder sonstige Anlaufstellen, um Lebensmittel einzutauschen und sie zu hamstern. Ich glaube, meine Mutter hat sich von ihren Lebensmittelrationen manches vom Munde abgespart, um uns Jungen in einer wichtigen Aufbauphase immer wieder ein paar Gramm Fett zukommen zu lassen.
In den Ferien 1941, als ich 15 war, mussten wir zu einer von der Hitlerjugend organisierten Erntehilfe ins Allgäu. Mit dem Zug ging es nach Gebrazhofen und dann nach Toberazhofen zu einem Bauern mit einem Riesenstall voller Milchkühe, sicher so 60 oder 70 Tiere. Von früh bis spät waren wir auf langen Wiesen, die über flache Hügel am Horizont verschwanden, bei der Heuernte: Das gemähte, nasse Gras verzetteln, dann ein paar Mal, je nach Wetter, umsetzen, auf Reihen und Haufen zusammenrechen, aufladen, alles nachrechen, dem Wagen hinterherlaufen und abladen. Alles in einer Kolonne, in deren strenger Gliederung vom Oberknecht über die Knechte, Mägde, französischen Kriegsgefangenen und polnischen Hilfsarbeiter der erntehelfende Pimpf ganz am Ende stand. Der Oberknecht gab das Tempo an und wollte immer etwas schneller sein als die erste Magd. Für einen eher schwächlichen Knaben wie mich war das ein ziemlicher Schlauch.

Als „Altpimpf" während einer Wanderung. Beim Jungvolk schmetterten wir typische HJ-Lieder wie „Vorwärts, vorwärts schmettern die hellen Fanfaren / Vorwärts, vorwärts, Jugend kennt keine Gefahren / Ist das Ziel auch noch so hoch / Jugend zwingt es doch / Unsere Fahne flattert uns voran / Unsere Fahne ist die neue Zeit / Unsere Fahne führt uns in die Ewigkeit / Unsere Fahne ist mehr als der Tod."
Am Lagerfeuer ging es dann meist besinnlicher zu und wir sangen auch nach Texten von Romantikern wie etwa Lenaus „Drei Zigeunern":
„Dreifach haben sie mir gezeigt, / Wenn das Leben uns nachtet, / Wie man's verraucht, verschläft, vergeigt / Und es dreimal verachtet".
Beiden gemeinsam war allerdings die Todesverachtung.

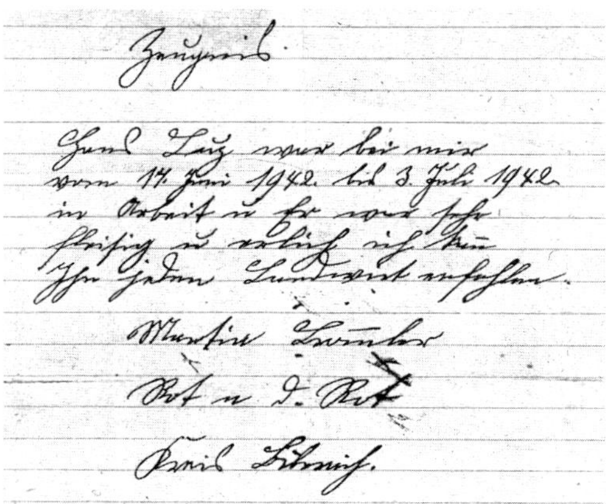

Zeugnis.

Hans Luz war bei mir vom 17. Juni 1942 bis 3. Juli 1942 in Arbeit u. Er war sehr fleisig u. erlich ich kann ihn jedem Landwirt empfehlen.

Martin Brommel

Rot a. d. Rot

Kreis Biberach.

Die Karikatur zeigt mich 1942 als Kuhhirt beim Bauern in Rot an der Rot (württembergisches Oberland). In seinem kurzen und bündigen Zeugnis für mich heißt es in rührender Orthografie: „Hans Luz war bei mir vom 17. Juni 1942 bis 3. Juli 1942 in Arbeit und Er war sehr fleisig und erlich. Ich kann ihn jedem Landwirt emfehlen. Martin Brommel, Rot an d. Rot Kreis Biberach."

Prophetischer, „defaitistischer" Blick ins Jahr 1943. Von der Niederlage in Stalingrad wusste ich dabei noch nicht, als ich diese Karikatur meinem Bruder an die Front schickte.

Wir aßen, nach einem langen und für mich – zum ersten Mal in einem katholischen Haus – völlig ungewohnten Gebetsgemurmel, alle zusammen an einem großen runden Tisch aus einer in der Mitte stehenden großen Schüssel oder Pfanne: morgens fette Milch mit Brotbrocken, mittags und abends Kässpätzle oder Bratkartoffeln. Nach dem Essen schleckte jeder seinen Löffel sauber und steckte ihn in eine Spalte unter dem Tisch. Die Magd ließ Wasser über die Schüssel laufen oder machte mit einem Stück Brot die Pfanne sauber und gleich ging es wieder hinaus auf die Wiesen.

Zum Schluss gab es ein „Vergelts Gott" und die Hälfte von einem kleinen Laib Käse. Für meine Mutter ein hoch willkommener Arbeitslohn.

1942 ging es nach Rot an der Rot. Dort war ich vorher schon einmal gewesen nach einer Wanderung von Wiesensteig über die Alb zum Jungvolkferienlager in einem ehemaligen Kloster. Wir waren zu fünft, kamen dorthin und erklärten dem Verwalter, dass er uns als Erntehelfer unterbringen müsse. So gingen wir morgens zur Arbeit und abends wieder heim ins Schloss.

Dort war auch ein Schullandheim mit einer Mädchenklasse aus Cannstatt. Zum Herumschäkern gab es aber wenig Gelegenheit, weil die Lehrerinnen und Lehrer die Mädle dauernd bewachten. Ich kam zu einem Bauern und Schuster mit vier Kühen. Die Arbeit dort war erträglicher als im Jahr zuvor.

Die Kühe mussten morgens möglichst lange auf der Weide zum Grasfressen gehalten werden. Wenn bei aufkommender Hitze Bremsen zum Stechen und Blutsaugen herumschwirrten, ließen sich das nicht immer alle gefallen. Manchmal war ein weit ausholender Dauerlauf nötig, um eine Kuh einzufangen.

Während der Schulzeit wurde man reihum für eine Nacht zur Brandwache eingeteilt. Das war hauptsächlich eine Gelegenheit, sich unbeobachtet im ganzen Schulgebäude herumzutreiben und Blödsinn zu machen. Es gab Mitschüler – vielleicht war ihr Vater Zahlmeister in Frankreich –, die Zigaretten und Kognak dabeihatten. Einer brachte sogar Jazzmusikplatten mit.

Nach den ersten mehr oder weniger sporadischen Fliegerangriffen suchte man nach Bombensplittern, fand aber nur solche der 8,8-cm-Flakgranaten. Besonders bizarre Gebilde wurden wie Sammlergut herumgezeigt. Ab Mitte 1942 wurden die Fliegerangriffe ernster. Immer wieder mit Sirenengeheul aus dem Schlaf gerissen zu werden, im Keller zu sitzen und näherkommende, das Haus erschütternde Bombeneinschläge zu spüren, Ereignisse, die immer mit Angst verbunden waren. Einmal habe ich eine ins Treppenhaus eingeschlagene Stabbrandbombe gelöscht. Und für einige Einsätze bei der Brandbekämpfung in der Nachbarschaft bekam ich vom Ortsgruppenleiter eine Freikarte für den „Vetter aus Dingsda" im kleinen Schauspielhaus.

Gegen Ende 1942, als es nirgendwo mehr vorwärts-, sondern gelegentlich schon zurückging, wurde man manchmal nachdenklich und skeptisch. Es gibt eine Neujahrskarte für 1943, die ich meinem Bruder schickte, der damals schon Leutnant bei der Infanterie und in Russland in einer Stellung im Mittelabschnitt war. Große Siegeszuversicht strahlt die Karte nicht mehr aus.
Auf der Rückseite: „Immer Kopf hoch, nicht verzagen, geht auch die Scheiße bis zum Kragen. Mit den besten Wünschen für 1943, 26.11.42.“ Trotz allem aber glaubte und hoffte man immer noch auf irgendwelche Wunderwaffen.
Erst viel später habe ich gemerkt, dass dieser Satz. wenn er von irgendeinem fanatischen Kämpfer gelesen worden wäre, für mich hätte vielleicht gefährlich werden können.
Im Februar 1943 erhielt ich drei Wochen lang vormilitärische Ausbildung pur in einem Wehrertüchtigungslager in Hechingen. Bei der Ankunft am Abend tönte aus der Gemeinschaftsbaracke die Stimme von Joseph Goebbels mit den Sätzen: „Wollt ihr den totalen Krieg?“ und den lauten „Ja!“-Schreien aus Berlin.
Im Frühjahr und im Frühsommer wurde der größte Teil meiner Klassenkameraden vom Jahrgang 1925 eingezogen. Wir übrig Gebliebenen vom Jahrgang 1926 kamen von der Schulbank weg als Luftwaffenhelfer zur Flak.
Ich war 16, zwar noch in Stuttgart, aber fort von zu Hause, von einem schönen und bequemen, von Mutter und Großmutter umsorgten Daheim entfernt. Nun lebte ich in einer Baracke auf dem Cannstatter Wasen, mit vielen anderen zusammen in einem engen Raum. Wir schliefen in Stockbetten mit Strohsäcken. Es gab ein Lied, das man oft gesungen hat, darin hieß es: „Die Bürger haben Betten, wir haben nichts als Stroh“, oder auch – was später für mich eine Zeit lang zutraf – „nicht mal Stroh“. Von jetzt an war ich für längere Zeit kein Bürger mehr.
Ich war immer noch Schüler, aber nebenher auch Ladekanonier an einem Zwei-Zentimeter-Vierlingsflakgeschütz zur Abwehr von Tieffliegerangriffen auf die Firma Daimler Benz.
Der Schulunterricht fand einige Zeit in Cannstatt und später in Untertürkheim in einer Sammelklasse für die aus verschiedenen Schulen Zusammengekommenen statt.
Vor dem Gang zur Schule mussten wir beim Zuggefechtsstand antreten, um uns abzumelden. Wenn die Ausrichtung nicht stimmte oder ein paar Knöpfe offen standen, hieß es zum Kommando „Hinlegen! Auf!“ mit der Schulmappe in der Hand auf dem Boden herumrobben.
Manchmal sind wir anschließend nur bis zur nächsten Telefonzelle auf der anderen Straßenseite gelaufen, bei der „Adolf-Hitler-Kampfbahn“ (heute Mercedes-Benz-Arena), haben in der Schule angerufen, es sei „Edelweiß“, wir könnten nicht zum Unterricht kommen – und gingen irgendwo in ein Café oder haben uns ein paar Stunden herumgetrieben. „Edelweiß“ war eine Warnmeldung, die aus-

In der Mitte unser Ausbilder im Wehrertüchtigungslager. Er hat sich am ersten Tag so vorgestellt: „Gefreiter Beck. Ich bin euer Ausbilder“. Dann: „Wie heiß' ich? – Du!“ Antwort: „Gefreiter Beck“ Zum nächsten: „Wie heiß' ich?“ Antwort: „Gefreiter Beck“, und so weiter, reihum. Gefreiter Beck schließlich: „Herr Gefreiter Beck, heißt das bei uns!“

Im selben Jahr mit der Zwei-Zentimeter-Vierlingsflak auf der Festwiese des Cannstatter Wasens, zum Schutz von Daimler-Benz vor Tieffliegern. Schießen mussten wir allerdings nie.

Hochschulreifezeugnis für „Luftwaffenhelfer“, Bad Cannstatt, 10. Februar 1944, nicht nur vom Klassenlehrer und Schulleiter, sondern auch vom Batteriechef unterschrieben.

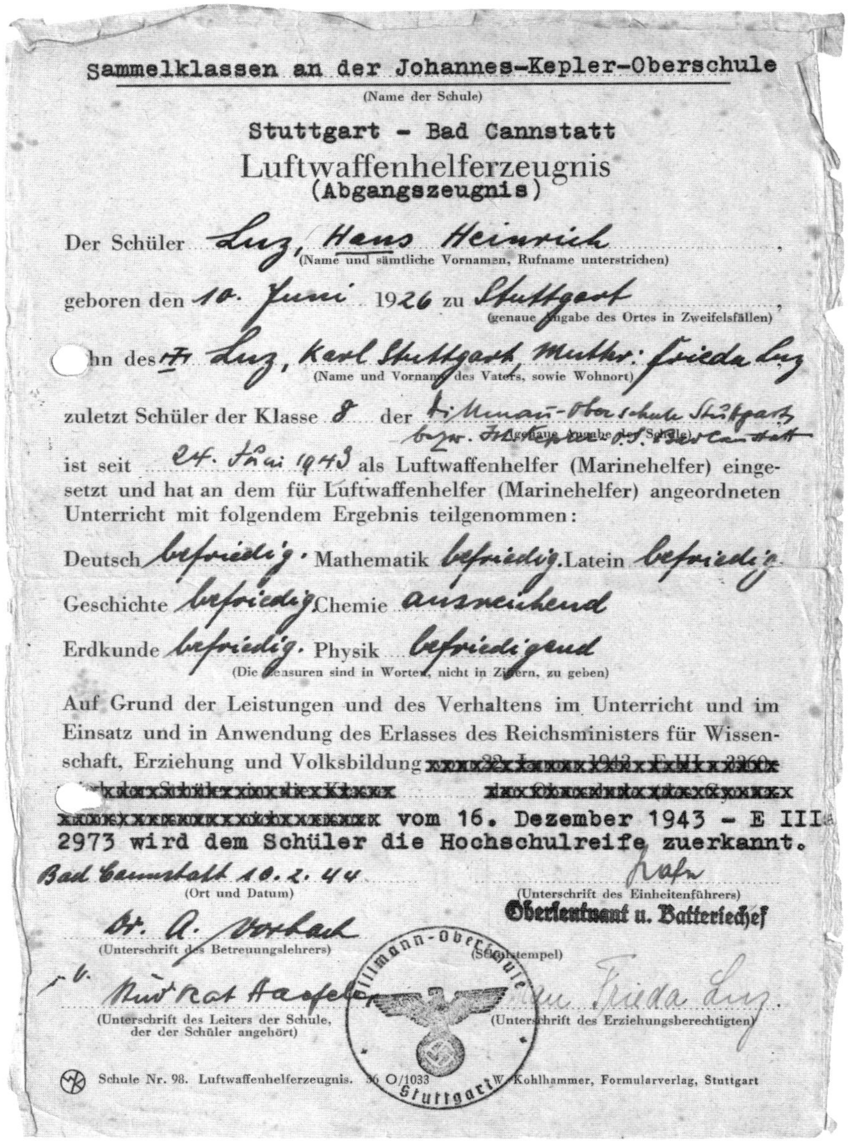

Sammelklassen an der Johannes-Kepler-Oberschule
(Name der Schule)

Stuttgart - Bad Cannstatt

Luftwaffenhelferzeugnis
(Abgangszeugnis)

Der Schüler Luz, Hans Heinrich (Name und sämtliche Vornamen, Rufname unterstrichen),

geboren den 10. Juni 1926 zu Stuttgart (genaue Angabe des Ortes in Zweifelsfällen),

Sohn des Fr. Luz, Karl Stuttgart, Mutter: Frieda Luz (Name und Vorname des Vaters, sowie Wohnort)

zuletzt Schüler der Klasse 8 der Dillmann-Oberschule Stuttgart bzw. Joh. Kepler O.S. Bad Cannstatt (genaue Angabe der Schule)

ist seit 24. Juni 1943 als Luftwaffenhelfer (Marinehelfer) eingesetzt und hat an dem für Luftwaffenhelfer (Marinehelfer) angeordneten Unterricht mit folgendem Ergebnis teilgenommen:

Deutsch befriedig. Mathematik befriedig. Latein befriedig.

Geschichte befriedig. Chemie ausreichend

Erdkunde befriedig. Physik befriedigend

(Die Zensuren sind in Worten, nicht in Ziffern, zu geben)

Auf Grund der Leistungen und des Verhaltens im Unterricht und im Einsatz und in Anwendung des Erlasses des Reichsministers für Wissenschaft, Erziehung und Volksbildung vom 16. Dezember 1943 – E III 2973 wird dem Schüler die Hochschulreife zuerkannt.

Bad Cannstatt 10.2.44
(Ort und Datum)

(Unterschrift des Einheitenführers)
Oberleutnant u. Batteriechef

Dr. A. Vorbach
(Unterschrift des Betreuungslehrers)

(Schulstempel)

i.V. Stud.Rat Haefele
(Unterschrift des Leiters der Schule, der der Schüler angehört)

Frieda Luz
(Unterschrift des Erziehungsberechtigten)

Schule Nr. 98. Luftwaffenhelferzeugnis. 36 O/1033 W. Kohlhammer, Formularverlag, Stuttgart

gegeben wurde, wenn feindliche Flugzeuge die Reichsgrenze überflogen. Dann durfte niemand mehr die Stellung verlassen.

Trotz eines nicht allzu großen Wissenszuwachses in dieser Zeit bekamen wir bei unserer Entlassung ein Luftwaffenhelferzeugnis mit dem Vermerk, dem Schüler werde die Hochschulreife (heute Abitur) zuerkannt.

Geschafft haben es alle. Unsere Lehrer waren sehr tolerant. Einer sagte: „Jetzt müsst ihr in den Krieg. Entweder kommt ihr nicht mehr zurück, oder wenn ihr zurückkommt, habt ihr sowieso alles vergessen. Einen Fünfer bekommt keiner.“

Geschossen haben wir mit unseren leichten, nur für Tieffliegerabwehr geeigneten Geschützen nie. Aber wir erlebten die Fliegerangriffe auf Stuttgart nun nicht mehr im Keller, sondern – mit Feuerzauber in allen Facetten verbunden – im Freien. Im September, beim ersten Tagesangriff, sahen wir zum ersten Mal zwischen Wolkenfetzen die viermotorigen amerikanischen Bomber, die „fliegenden Festungen", wie sie sich auf ihren Flugblättern angekündigt hatten. Im Geschichtsunterricht, an Heimatabenden und beim nationalpolitischen Unterricht hatten wir viele Festungen im Geist siegreich erobert. Aber diese waren 10 000 Meter über uns und flogen mit ihrer Bombenlast dumpf dröhnend auf ihr Ziel zu.

Wenn während eines Alarms geschossen wurde, galt dies als Kampfeinsatz. Dafür gab es Sonderrationen, für Soldaten Zigaretten, für uns Rahmbonbons.

Es geschah aber auch, gemessen an den damaligen Umständen, Erfreuliches: Einmal in der Woche gab es Ausgang. Unser Leutnant und Zugführer war Lehrer. Wir hatten ihm beigebracht, dass Theaterbesuche in unserem Alter, schließlich waren wir immer noch Schüler, zur Allgemeinbildung gehörten, dass wir aber beim Ausgang auch heim zu unseren Müttern wollten und mussten. So entschied er, dass Theaterbesuche nicht als Ausgang gerechnet würden, bei Fliegeralarm aber unverzüglich zur Stellung zu eilen sei. Ich wurde Theaterobmann, verbrachte jede Woche einen Vormittag mit dem Gang zur Vorverkaufskasse im Großen Haus und war später nie mehr so oft im Theater. Ich bin damals aber auch oft im Laufschritt durch die Platanenallee zum Cannstatter Wasen gerannt – so makaber dies klingt, einmal auch vom Troubadour weg unmittelbar nach der gewaltigen Arie des Manrico: *Lodern zum Himmel seh ich die Flammen ... Schauder ergreift mich.*

Geendet hat meine Luftwaffenhelferzeit im Februar 1944 und mit dem Luftwaffenhelfer-Abgangszeugnis – ein DIN-A-5 großes Blatt, spöttisch auch „Schein der Reife" genannt – war ich „hochschulreif".

Kurz vor der Entlassung, noch in Luftwaffenhelferuniform, fuhr ich mit meiner Mutter nach Pforzheim. Dort war auf dem Güterbahnhof ein Marschbataillon zur Abfahrt an die Ostfront bereitgestellt, bei dem mein Bruder Karl als Adjutant des Bataillonskommandeurs eingesetzt war. Wir konnten ihn dort treffen. Aber für eine richtige Begegnung oder ein Gespräch blieb keine Zeit. Er war mit letzten Vorbereitungen für die Abfahrt voll beschäftigt. Es gab einen kurzen Abschied, der Zug setzte sich in Bewegung, er stand mit einem letzten Winken an der offenen Waggontür und verschwand Richtung Osten.

Mein Bruder Karl war vier Jahre älter als ich, ein guter, gesunder Sportler und Jungvolkführer. Ihm gegenüber galt ich immer mit Abstand als „der Kleine". Er war mit Unterbrechungen durch Kriegsschule und Verwundungen immer an der Ostfront, wurde aktiver Offizier, war lange im Stellungskrieg und hat von dort ganz regelmäßig Briefe geschrieben, sicher wöchentlich, an unsere Mutter, aber oft auch an mich. Das Verhältnis zu unserer Mutter war sicher eng und intensiv. Er ließ sie an allem, was er erlebte, teilnehmen.

Mein Bruder Karl, Jahrgang 1922, war Leutnant im Mittelabschnitt der Ostfront, wo er im Oktober 1944 fiel. Oben ist er hinter dem auf den Birkenpfosten genagelten Schild zu sehen, in der Mitte und unten (jeweils rechts) am Pforzheimer Güterbahnhof vor seiner letzten Fahrt ins Feld.

Arbeitsdienst in Eiseskälte und am Ende der Welt. Neu-Bistritz (unten) in der damals so genannten Ostmark. Erhard Eppler, später ja bedeutender SPD-Politiker, war zu eben dieser Zeit auch dort und bestätigt meine Erinnerungen voll und ganz, etwa all die Schikanen der sogannten Ausbilder: „Es war Wiener Lumpenproletariat, meist gescheiterte Existenzen, die nach dem Anschluss Österreichs für ihre nazistische Gesinnung einen Posten verlangten und bei der Wehrmacht – und wohl auch bei der Waffen-SS – nicht ankamen." (Erhard Eppler, Als Wahrheit verordnet wurde. Briefe an meine Enkelin. Insel Verlag Frankfurt a. M./Leipzig. 2. Aufl. 1995).

Ziel des Transports war der Mittelabschnitt, wo das Infanterie-Regiment 119 in einer Abwehrstellung stand, die nach dem Fall von Stalingrad und der Rücknahme der Fronten im Süden und Norden nunmehr den östlichsten Punkt der Ostfront bildete. Für uns, aber besonders für meine Mutter, war es ein schwerer Moment.

Kurz darauf, im März 1944, wurde ich zum Reichsarbeitsdienst nach Albern, „Arbeitsgau Wien", einberufen. In unserem dicken „Andrees Allgemeiner Handatlas" habe ich auf einer Nebenkarte von Wien Albern gefunden, oberhalb von Simmering, direkt an der Donau und nicht allzu weit vom Prater. Von März bis Mai: ein Frühling in Wien. *Drunten in Simmering blüht schon der Flieder.*

Aber nie mehr in meinem Leben habe ich so gefroren wie im Reichsarbeitsdienst. Schon auf der nächtlichen Bahnfahrt schraubten einige die oberen Bretter der Abteilbänke ab und machten damit kleine Feuerchen, weil es so hundekalt war. In Linz hieß es: Umsteigen Richtung Budweis (jetzt Ceske Budejovice), von dort weiter mit einer Schmalspurbahn bis Adamsfreiheit.

Dort herrschte Kälte und es lag meterhoher Schnee. Denn es gibt auch ein Albern bei Neu-Bistritz in der tschechischen Republik, damals zur Ostmark gehörend, und deshalb Arbeitsgau Wien. Das war unser Albern, im Waldviertel, der „Urheimat des Führers", wie man uns zu allererst mitteilte. Ein paar niedere Häuser mit dicken Mauern und kleinen Fenstern und ein RAD-Lager mit den üblichen Baracken.

Eisige Kälte und Wind. Der war so stark, dass der durch die Ritzen der Fenster geblasene Schnee morgens auf meiner Decke lag. Die nach einer strengen Regel zusammengefalteten Klamotten auf dem Hocker vor dem Bett und die Stiefel waren morgens steifgefroren.

Unsere Hauptbeschäftigung war das Freischaufeln des Exerzierplatzes und Exerzieren, Exerzieren. Wir waren zu achtzig Prozent Oberschüler aus Stuttgart und Schwäbisch Hall, meist ehemalige Flakhelfer, „schon im Pulverdampf ergraute Krieger", wie wir augenzwinkernd von uns behaupteten.

Die Ausbilder waren Waldviertler und Wiener. Es gab Vormänner, Obervormänner, Truppführer, Unter- und Oberfeldmeister. Sie freuten sich nicht nur, uns schikanieren zu dürfen, sondern hielten auch, sehr gescheit und wichtig tuend, ziemlich einfältige und dumme nationalpolitische Unterweisungen und Unterrichtsstunden ab: Schuld an allem Elend, das „unser Führer" bekämpft hat, war immer der Jude. Während dieser abgedroschenen, immer gleichen Sätze hat man abgeschaltet und vor sich hingedöst.

Der SPD-Mann Erhard Eppler, der zur gleichen Zeit dort war, hat einmal in einem Interview gesagt, dass zu seinen unliebsamsten Erinnerungen die Zeit im Reichsarbeitsdienst gehöre, als er vom „Wiener Nazi-Lumpenproletariat" herumschikaniert und gedemütigt worden sei.

Ich hatte noch Glück: Gleich nach der Ankunft stellte ein Truppführer per Augenschein aus mehreren Metern Entfernung fest, ich hätte Herzerweiterung, weil ich so lang und dünn sei. So wurde ich, häufig unnütz beschäftigt, Putzer und Gehilfe beim Waffenwart.
Zu meinen Pflichten gehörte es aber auch, etwa Hufeisen oder Munition für die Dienstpistolen der Feldmeister und Truppführer zu besorgen. Ich konnte Dienstreisen unternehmen und sah viele schöne, abwechslungsreiche und interessante Landschaftsbilder. So gab es immer wieder einige angenehme Unterbrechungen vom pausenlosen Pfeifen und Schreien der Truppführer.
An einem Sonntagnachmittag, als Ausgangsperre verhängt worden war und wir mit einem „Maskenball", dem pausenlosen An- und Ausziehen und dem Einräumen der aus dem Spind gerissenen Kleider, schikaniert wurden – einer von uns musste seinen Spind sogar auf den Exerzierplatz tragen und dort aus- und einräumen –, dachte ich: Wenn die schon mit uns deutschen, eigentlich freien Bürgern, die man wahrscheinlich noch zur Landesverteidigung braucht, so umgehen, wie mag es dann erst denen gehen, die rechtlos irgendwo in einem Schutzhaftlager sind.
Dass es für Kommunisten, Kriminelle und „politisch Unzuverlässige", solche Lager gab, wusste man; man hatte von Dachau und dem Heuberg auf der Schwäbischen Alb gehört. Aber, so unglaubhaft es heute klingen mag, weil von vielen nach dem Krieg so geäußert: Was mit den Juden tatsächlich geschah, wussten wir nicht. Die Juden, die wir kannten, waren ausgewandert. Für die, die das nicht konnten, war von der Umsiedlung in eigens eingerichtete Stadtviertel im so genannten Warthegau, zum Beispiel in Litzmannstadt, also Lodz, die Rede. Wie so etwas durchgeführt wurde, daran hat man nicht gedacht oder auch nicht denken wollen. Den Umfang und das entsetzliche Ergebnis dieser Umsiedlungen habe ich erst in der Gefangenschaft erfasst. Und das ganze Ausmaß des Holocaust in seiner unfassbaren Tragweite ist mir später erst, wieder zu Hause, bewusst geworden. Jeder war auch mit seinem eigenen Überleben und dem seiner Angehörigen beschäftigt, sodass man das Schicksal anderer nicht bedacht oder verdrängt hat. Aber, und das müssen wir als Vorwurf ertragen, man hat auch nie danach gefragt, wie es dem Einzelnen wohl geht. Dies ist auch in guten Zeiten so. Man denkt mehr an sich und wie man durch- und weiterkommt, als an die, denen es schlechter geht als einem selbst.
In der ersten Zeit des „Dritten Reichs" redete man immer von Schutzhaftlagern. Wann das Wort Konzentrationslager oder gar KZ aufgekommen ist, weiß ich nicht mehr. Ich meine, das Wort Konzentrationslager zum ersten Mal in dem Film „Ohm Krüger" mit Emil Jannings in der Hauptrolle gehört zu haben. Dort gab es riesige Stacheldrahtgevierte, in denen die Burenfrauen und ihre Kinder von den Engländern interniert wurden – einer der damals in vielen Filmen üblichen Propagandatricks.

Insgesamt glich die Arbeit nach der Grundausbildung eher der Arbeit in einem Straflager. Es gab, im fünften Kriegsjahr, nichts Besseres zu tun, als die Lagerstraße vom Eingang zum Exerzierplatz von 3,50 auf 5 Meter zu erweitern. Weil es keine Fahrzeuge gab, mussten die Steine von einem fast einen Kilometer entfernten Steinbruch auf den Schultern herangeschleppt werden. Es war der Laune des Truppführers, der die Steine zuteilte, überlassen, ob man einen kleineren oder einen größeren zu schleppen hatte.
Gelegentlich gab es freie Sonntagnachmittage, dank der von der Mutter zu Hause abgesparten Brotmarken mit einem Stück Kuchen in einem Café am Marktplatz von Neubistritz.
Als der Schnee geschmolzen war, Anfang oder Mitte Mai, an einem der ersten schönen Tage, machte ich mit ein paar anderen einen Spaziergang in die Umgebung zu einem kleinen Hochmoorsee. Nach einer Weile wagten sich einige in das noch ziemlich kalte Wasser. Und das Ganze nackt, Badesachen hatte ja keiner dabei. Das war für mich etwas ganz Neues, völlig Ungewohntes. Nackt war man nur in der Badewanne oder unter der Dusche. Ansonsten, etwa beim Umziehen, war man ängstlich bemüht, alle Blößen zu bedecken. Aber hier in der freien Natur ohne all die schweren, beengenden Klamotten und ganz ungeniert, da machte ich schnell auch mit. In einer späteren Aufzeichnung fand ich über dieses Bad den Satz: „Welch eine Freiheit für eine Stunde". Und vielleicht war es dieses Erlebnis, was mich auch jetzt noch im Alter bei jeder passenden und unpassenden Gelegenheit nackt herumlaufen lässt.
Bald waren wir für den Rest der Arbeitsdienstzeit wieder eingezwängt in raue Unterwäsche, grobe Socken oder Fußlappen, in einen bis zum Hals zugeknöpften groben Uniformrock und steinharte Knobelbecher; umgürtet von einem stets auf Hochglanz zu polierenden Koppel, auf dem Kopf eine waagrecht sitzende, in die Stirn gezogene, „Arsch mit Griff" genannte Mütze, herumkommandiert und von früh bis spät auf Trab gehalten in einem vom Dienstplan fest reglementierten Tagesablauf.

Der „Granatwerfer" (um 1930) des Fritz von Graevenitz, die Eingangsfigur an der Kaserne auf dem Stuttgarter Burgholzhof. Graevenitz war damals ein viel beschäftigter Bildhauer.

Bei der großdeutschen Infanterie

Ende Mai, zu Hause angekommen, lag der Einberufungsbefehl für den 13. Juni 1944 zum Infanterieregiment 119 auf dem Burgholzhof da. So wurde ich Rekrut, bekam eine Uniform, zum ersten Mal ohne die Armbinde mit dem Hakenkreuz. Alles war nüchterner, die Ausbildung hart und ohne ideologisches Beiwerk, auf das rein Soldatische ausgerichtet. Dass auch viel preußischer Stumpfsinn dabei war, hatten wir aus Schilderungen vorher gewusst. Aber schon beim Jungvolk, in der Hitlerjugend, im Wehrertüchtigungslager, bei der Flak, beim Arbeitsdienst, überall hieß es: „Stillgestanden! Rechts um! Links um! Kehrt! Marsch! Finger an die Hosennaht! Gesäßbacken zusammen! Hinlegen! Auf! Volle Deckung! Auf, Marsch, Marsch! Vorbeigehen in gerader Haltung mit Erweisung des deutschen Grußes!"

Und auch das Schießen hatte man überall gelernt. Man hat gelernt, „saugend und schraubend, den Kolbenhals umfassend, beim Einatmen den Druckpunkt zu nehmen und beim Ausatmen durchzuziehen". Jetzt wieder das Gleiche, dazu Gefechtsausbildung.

Ein Ausbildungstag ist mir in bleibender Erinnerung: An einem Sonntagnachmittag – der Kommandeur des Ersatzheeres hatte befohlen, auch sonntags Dienst zu machen, weil es an der Front auch keine Sonntage gäbe – war Nahkampfausbildung. Mit aufgepflanztem Seitengewehr musste man einer Strohpuppe in den Bauch stoßen. Weil das Hineinstoßen nicht unbedingt tödlich ist, sollten wir das Seitengewehr hin- und herdrehen und herumstochern, bis, wäre die Szene real gewesen, das Gedärm herausquoll. Ich habe das mit großem Schaudern geübt und vollführt, in großer Angst, es einmal tun zu müssen, und der Hoffnung, dass es nie zu einer solchen Situation käme.

Am Morgen des 21. Juli, einen Tag nach dem Attentatsversuch des Oberst Graf von Stauffenberg, wurden die Ereignisse des Vorabends beim morgendlichen Antrittsappell bekannt gegeben – ohne jeden Kommentar – und die Anordnung des Oberkommandos der Wehrmacht vorgelesen, dass ab jetzt die Ehrenbezeigung nicht mehr durch Anlegen der rechten Hand an die Kopfbedeckung, sondern durch Erweisen des „Deutschen Grußes" zu erfolgen habe. Bis dahin hatte nur die SS mit erhobenem Arm gegrüßt. Unserem Spieß fiel die Anordnung offensichtlich nicht leicht. Das jahrelange Grüßen mit der Hand am rechten Mützenrand war ihm so in Fleisch und Blut übergegangen, dass er, vielleicht sogar mit etwas Absicht, beim morgendlichen Melden der Kompanie an den Kompanieführer beim Erheben der Hand fast immer zuerst den rechten Mützenrand streifte.

Der Kasernenalltag wurde immer wieder und immer öfter unterbrochen durch Hilfseinsätze bei Luftangriffen; es waren die schweren Angriffe im Juli und September auf die Innenstadt und auch bei begrenzteren auf Feuerbach und Zuffenhausen. So erfuhren wir den Krieg nicht mehr nur im Keller, und auch nicht mehr, wie in der Flakhelferzeit, im Freien als Feuerzauber, sondern aus einer anderen neuen Perspektive: Wir waren näher herangerückt an die Gewalt und Wucht der Bombeneinschläge und an die Folgen der Feuersbrunst. Ich erlebte die Innenstadt meiner Heimatstadt Stuttgart im Juli und September 1944, als alle Häuser brannten. Mit Schaufel und Pickel auf dem Rücken marschierten wir vom Burgholzhof über die Heilbronner Straße in die brennende Stadt. Die heute wieder viel bewunderte Stadtzufahrt war ein rauchendes Feuermeer. Mit bloßen Händen suchte man

Wehrpflicht. Die W. dauert nach dem deutschen Wehrgesetz vom vollendeten 18. Lebensjahr bis zu dem auf die Vollendung des 45. Lebensjahrs folgenden 31. 3. Im Krieg und bei besonderen Notständen kann sie erweitert werden. Sie wird durch den Wehrdienst erfüllt.

Nahkampf ist der Kampf von Mann gegen Mann mit Handgranaten, Pistolen, blanken Waffen und Spaten. Vgl. Handgemenge.

Handgemenge, der Kampf von Mann zu Mann, findet beim Einbruch in eine fdl. Stellung statt. Wer sich noch wehrt, wird durch Schuß, Stoß mit dem Seitengewehr oder Hieb mit dem Kolben oder Spaten niedergemacht.

Wehrertüchtigung enzyklopädisch: Begriffe aus dem „Militärischen Wörterbuch".

Ehrenbezeigungen des Einzelnen in Uniform werden erwiesen vor allen Vorgesetzten in Uniform, entsprechenden Angehörigen der alten Wehrmacht und der Landespolizei, Fahnen und Standarten der alten und der neuen Wehrmacht durch Vorbeigehen in gerader Haltung, Stillstehen mit der Front nach dem Vorgesetzten oder Stillsitzen, und zwar mit Kopfbedeckung unter Anlegen der rechten Hand an die Kopfbedeckung, ohne Kopfbedeckung durch Erweisen des → deutschen Grußes...

Die Ehrenbezeichnung, wie sie im „Militärischen Wörterbuch" beschrieben ist, wurde nach dem Attentat vom 20. Juli 1944 durch den „Hitler-Gruß" abgelöst.

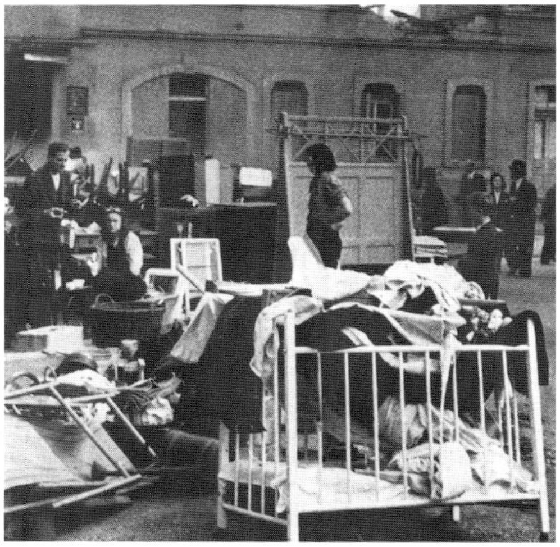

Einer der unzähligen Bombenangriffe auf Stuttgart – hier am 10. September 1944 auf Zuffenhausen. Wir Rekruten waren als meist recht hilflose Hilfskräfte eingesetzt. Manchmal gab es ein „Viertele" aus dem Kochgeschirr.

nach Überlebenden in den Trümmern oder half den Leuten bei ihren häufig hoffnungslosen Versuchen, möglichst viele Möbel und Hausrat aus den brennenden Häusern auf die Straße zu schaffen. Manchmal mehrere Tage hintereinander in Qualm und Rauch, Trümmerschutt, Staub und Ruß.

Diese Hilfseinsätze waren uns Rekruten, so paradox dies klingt, im Grunde genommen beinahe lieber als die harte Grundausbildung, das stramme Exerzieren. Im Chaos nach dem Angriff konnten geordnete Einsätze nicht durchgehalten werden. Jeder folgte irgendeiner Gruppe und half, wo es gerade ging. Die Rettungsaktionen verliefen recht zufällig, da so vieles zu tun und zu retten gewesen wäre – das konnte von den kleinen, mit Schaufeln bewaffneten Häuflein nicht bewältigt werden. Oft waren Rettungen davon abhängig, ob man dabei etwas für das eigene leibliche Wohl ergattern konnte. An sich stand auf Plünderung die Todesstrafe. Es gab aber ein ungeschriebenes Gesetz, wonach man sich Most und Wein und etwas zu essen nehmen durfte. Wein- und Mostkeller waren also beliebte Rettungsziele. Es tauchte auch meist jemand auf, der uns Soldaten zu solchen Zielen lenkte.

So dirigierte jemand uns einmal zu einem Kellerschacht mit dem Versprechen: „Soldaten, dort müsst ihr hin, da war eine Metzgerei." Als Erster stieg unser Unteroffizier in den Ausstiegsschacht und rief nach einiger Zeit: „Ich hab schon so einen Schinken." Viele Hände griffen nach unten und zogen mit den Beinen voraus eine junge tote Frau ans Tageslicht. Durch das Gezerre war der Rock über den Kopf gerutscht und zum ersten Mal in meinem Leben sah ich Dinge, von denen man als Schüler immer nur träumt. Schlüpfer, Strapse, nackte Schenkel. Dies und das Zupacken der vielen Männerhände an Beinen, Schenkeln, Bauch und Po war trotz der traurigen und hoffnungslosen Umstände ein aufregendes und ein fast erotisches Erlebnis für einen Jungen, der eine weibliche Brust höchstens einmal bei einer Negerfrau in einem Kulturfilm gesehen hatte.

Geschehen ist das in der Seidenstraße, unmittelbar bei der russischen Kirche. Jedes Mal, wenn ich dort vorbeifahre, habe ich dieses Bild vor Augen.

Gelegentlich wurde man in der Kaserne zur Brandwache eingeteilt, bei der man unter dem Dachboden durchs Dach fallende Brandbomben mit einem Eimer Sand oder Wasser löschen sollte. So stand ich einmal um die Mittagszeit am vordersten, dem Tal zugewandten Giebelfenster.

Ich war völlig überrascht, welch herrliche Aussicht man von dort oben hatte. Die Kaserne auf dem Burgholzhof war für mich nur Exerzierplatz gewesen – eintönige Gebäude, lange Flure, vollgestopfte Zimmer. Und die Umgebung hatte man vorwiegend liegend und kriechend in Augenhöhe erlebt. Von hier oben aber sah man das Neckartal, Rebhänge, Obstwiesen, die noch dörflichen

Vororte und die Industrieansiedlung im Tal. Aber ein ganzes Geschwader amerikanischer Bomber mit geöffneten Bombenschächten hat meine Landschaftsbetrachtung jäh unterbrochen. Jetzt sah ich das, was man nur aus der Wochenschau und Kriegsfilmen kannte, direkt und unmittelbar: die aus den offenen Schächten fallenden Bomben und die sich in der Luft öffnenden riesigen Bündel von Brandbomben, die wie eine große Wolke auf das Daimler-Benz-Werk in Untertürkheim herabregneten.
Ende September wurde, nach einer großen Abschlussübung mit Scharfschießen in Münsingen, ein Großteil der Kompanie für den Fronteinsatz in Frankreich neu eingekleidet. Seit dem D-Day (6. Juni 1944) gab es nicht nur eine Front in Russland und Italien, sondern eine weitere im Westen, in Frankreich.
Ich war nicht dabei, sondern kam, zusammen mit anderen Bewerbern, zu einem ROB-Lehrgang nach Reutlingen. ROB hieß „kriegsfreiwilliger Reserveoffiziersbewerber". Sich freiwillig als Reserveoffizier zu bewerben war für viele Oberschüler selbstverständlich und wurde als Zeichen der Vaterlandsliebe auch erwartet. Für mich und die anderen meines Jahrgangs war es aber auch eine wichtige Möglichkeit, den penetranten Anwerbeversuchen der Waffen-SS zu entgehen. Bei deren Veranstaltungen, die wir auf Anweisung der Hitlerjugend besuchen mussten, wurden wir am Tisch der Anwerbe- und Aufnahmekommission Mann für Mann befragt. Einmal bei einer solchen Veranstaltung im Gustav-Siegle-Haus bin ich in meiner Verzweiflung, keine akzeptierte Antwort mehr zu haben, aufs Klo und dort zum Fenster hinausgestiegen. Das hat mir vielleicht das Leben gerettet.
Warum wir lieber zum Heer, zur Marine oder Luftwaffe und nicht zur SS wollten, das kann man nicht für alle gleich und nicht präzise beantworten. Denn die Versprechungen der Werber waren wohlüberlegt: bessere Ausrüstung, bessere Verpflegung, lockerer Umgang mit den Vorgesetzten (Führer, keine Offiziere). Etwas Besseres sein: Elite. Das war es wohl am ehesten, wir wollten nicht zur Elite gehören, was unter anderem auch bedeutete, an der Front an den gefährlichsten Brennpunkten eingesetzt zu werden.
Als eingetragener ROB der Wehrmacht hatte man seine Ruhe vor den SS-Werbern und der Lehrgang verschaffte uns eine viermonatige Verschnaufpause vor dem zu erwartenden Fronteinsatz.
Aber reines Verschnaufen war das nicht. Sie hielten uns ganz schön auf Trab mit allem, das wir schon von Kindesbeinen an gelernt und immer wieder geübt und exerziert hatten. Allerdings ging es jetzt noch strammer und intensiver zu. Dabei waren auch Geländeübungen tagsüber

Ehrenkompanie mit Reserveoffiziersbewerbern (ROB) in Reutlingen.

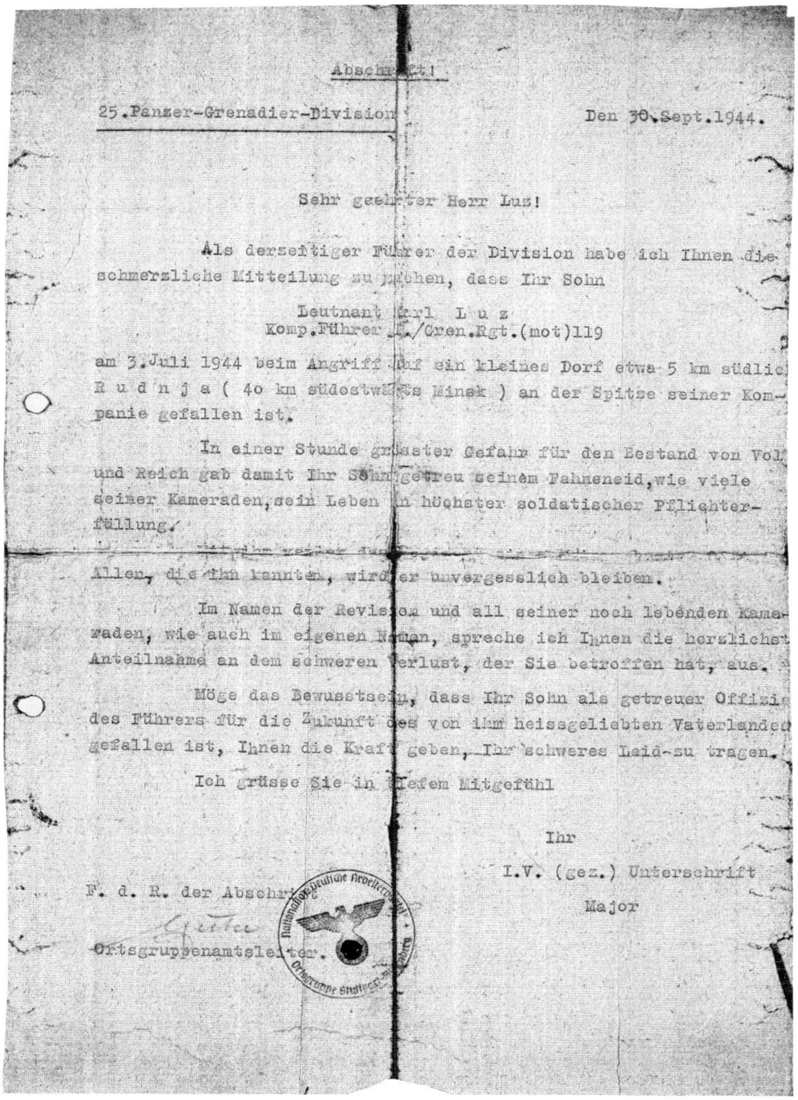

Abschrift!

25.Panzer-Grenadier-Division Den 30.Sept.1944.

Sehr geehrter Herr Luz!

Als derzeitiger Führer der Division habe ich Ihnen die schmerzliche Mitteilung zu machen, dass Ihr Sohn

Leutnant Karl Luz
Komp.Führer [illegible]/Gren.Rgt.(mot)119

am 3.Juli 1944 beim Angriff auf ein kleines Dorf etwa 5 km südlich Rudnja (40 km südostwärts Minsk) an der Spitze seiner Kompanie gefallen ist.

In einer Stunde grösster Gefahr für den Bestand von Volk und Reich gab damit Ihr Sohn getreu seinem Fahneneid, wie viele seiner Kameraden, sein Leben in höchster soldatischer Pflichterfüllung.

[illegible]

Allen, die ihn kannten, wird er unvergesslich bleiben.

Im Namen der Division und all seiner noch lebenden Kameraden, wie auch im eigenen Namen, spreche ich Ihnen die herzlichste Anteilnahme an dem schweren Verlust, der Sie betroffen hat, aus.

Möge das Bewusstsein, dass Ihr Sohn als getreuer Offizier des Führers für die Zukunft des von ihm heissgeliebten Vaterlandes gefallen ist, Ihnen die Kraft geben, Ihr schweres Leid zu tragen.

Ich grüsse Sie in tiefem Mitgefühl

Ihr
I.V. (gez.) Unterschrift
Major

F. d. R. der Abschrift
Ortsgruppenamtsleiter.

Mitteilung vom Tod des Bruders Karl am 3. Juli 1944 in der Nähe von Minsk (oben) und die Bestätigung vom 18. April 1946 (unten).

mit dem üblichen Schlauch, aber ein paar Mal abends auch recht geruhsam in von unserem Leutnant organisierten Privatquartieren in Pliezhausen bei gutem Essen, in warmen Stuben und Betten. Und am nächsten Tag viel Äpfelessen beim sprungweisen Durchqueren von Obstwiesen und prallvolle Brotbeutel bei der Rückkehr in die Kaserne.

Im Oktober kam meine Mutter nach Reutlingen mit der Nachricht, dass mein Bruder gefallen sei. Wir hatten seit Juni keine Post mehr bekommen und nur vage Nachrichten in den Wehrmachtsberichten von schweren Kämpfen im Mittelabschnitt der Ostfront. In Wirklichkeit war der gesamte Mittelabschnitt mit etwa 350 000 Mann von den Russen eingekesselt und völlig aufgerieben worden. Man hatte sich schon fast daran gewöhnt, Todesnachrichten aus dem Kreis der Verwandten, Freunde, Kameraden und Altersgenossen zu erfahren. Aber beim Zusammensein mit meiner Mutter – ich hatte ein paar Stunden dienstfrei bekommen – wurde mir erst klar, was es für sie und die vielen anderen Mütter bedeutet hat, Buben 16, 17 oder 18 Jahre lang großzuziehen und dann werden sie eingezogen, weggenommen und auf ein Schlachtfeld geschickt.

Am Ende des Lehrgangs im Februar 1945 war ich Gefreiter. Als Teil der Ausbildung zum Reserveoffizier im Infanterieregiment, früher einmal motorisiert und buch-

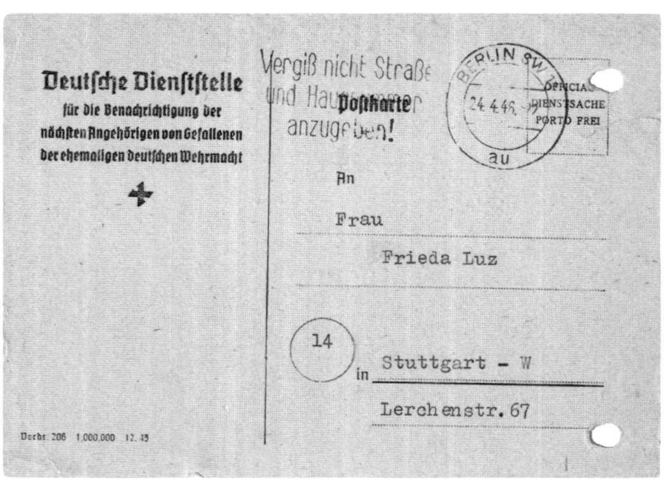

Deutsche Dienststelle
für die Benachrichtigung der nächsten Angehörigen von Gefallenen der ehemaligen deutschen Wehrmacht

Vergiß nicht Straße und Hausnummer anzugeben!

Postkarte

Berlin SW
24.4.46
Official Dienstsache Porto frei

An
Frau
Frieda Luz
14 in Stuttgart - W
Lerchenstr. 67

Vordr. 206 1.000.000 12.45

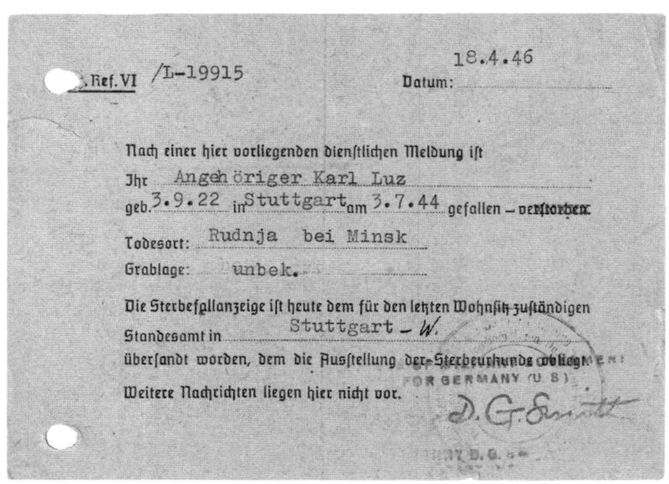

Ref. VI /L-19915 Datum: 18.4.46

Nach einer hier vorliegenden dienstlichen Meldung ist
Ihr Angehöriger Karl Luz
geb. 3.9.22 in Stuttgart am 3.7.44 gefallen – verstorben.
Todesort: Rudnja bei Minsk
Grablage: unbek.
Die Sterbefallanzeige ist heute dem für den letzten Wohnsitz zuständigen Standesamt in Stuttgart – W.
übersandt worden, dem die Ausstellung der Sterbeurkunde obliegt.
Weitere Nachrichten liegen hier nicht vor.

D. G. Smith

mäßig noch als „Inf. Rgt. (mot.)“ verzeichnet, war die Fahrschule zu absolvieren. Die fand für mich auf der „NSKK-Motorsportschule“ in Tübingen statt, auf einem als Nachschubfahrzeug in Russland ausgemusterten Dreieinhalbtonner mit Holzgasantrieb, der keinen Anlasser und keine Lichtmaschine mehr hatte.
Am Dienstag, dem 6. März, während der spätmittäglich üblichen Putz- und Flickstunde, öffnete der Spieß und Unteroffizier vom Dienst einen Spalt weit die Tür, winkte mich mit dem Ruf „Gefreiter Luz“ zu sich und sagte: „Ich muss ihnen leider mitteilen, dass am letzten Sonntag bei einem Fliegerangriff ihre Mutter und Großmutter ums Leben gekommen sind. Mein Beileid. Machen Sie den Lehrgang hier fertig, am Donnerstag ist Prüfung, dann bekommen sie 4 Tage Urlaub.“ Die ausstehende Prüfung zur Führerscheinklasse II habe ich mit Ach und Krach geschafft.
Unser Haus war durch eine Luftmine zur Hälfte zerstört, unsere Wohnung hat es am schwersten getroffen. Alle Bewohner, die am Sonntagmorgen im Haus waren oder im Keller saßen, waren tot. Den Urlaub brauchte ich, um die übrig gebliebenen Möbel zusammenzurücken, beim Notar auf dem halb zerbombten Amtsgericht meinen Onkel als Vormund zu bestellen und bei der Girokasse einen Safe für die aufgefundenen Wertsachen einzurichten. Zurück in der Kaserne wurde ich Hilfsausbilder beim letzten – oder besser allerletzten – zu den Waffen gerufenen Aufgebot.
Je nach Wetterlage hörte man jetzt gelegentlich dumpfes Grollen, das Artilleriefeuer der sich von Norden nähernden Front.
Die Amerikaner hatten Ende März an mehreren Stellen den Rhein überschritten und am 29. März Mannheim besetzt. Den Kraichgau hatten sie zügig durchquert und Anfang April standen sie vor Heilbronn. Seit den napoleonischen Kriegen waren keine feindlichen Truppen mehr in unserem Land gewesen. Die jetzt kamen, waren nicht aufzuhalten. Mit ihrem Vordringen brach alles zusammen, was für uns gewohnte Staatsordnung war. Im Osten, wo die Russen vormarschierten, waren die Menschen verängstigt. Bei uns im Westen herrschte eher Erleichterung, dass dieser elendige Krieg nun enden würde. Die Bevölkerung hoffte auf eine halbwegs humane Behandlung. Wie die Zukunft aussehen würde, wusste keiner.
Um das Unvermeidbare möglichst weit hinauszuschieben, ließen die Machthaber der untergehenden Staatsordnung noch einmal alles zusammentrommeln, was noch gehen und ein Gewehr halten konnte. So marschierte auch ich in den ersten Apriltagen mit einem hastig zusammengestellten Haufen in eine ungewisse Zukunft. Für uns Soldaten konnte sie nur heißen: Verwundung, Tod oder Gefangenschaft.
Wohin genau dieser Marsch ging und mit welchem Kampfauftrag, das sagte niemand. Und ob dies alles noch einen Sinn machte, daran durfte und konnte man nicht denken.
Man konnte nichts anderes tun als mitmarschieren. Und da gab es auch noch den Fahneneid und als einen letzten Rest des My-

47. Angriff am 4. März 1945,
10.20 bis 10.28 Uhr

Schwerpunkte: Bad Cannstatt und westlicher Stadtteil.
Opfer: 50 Tote, 135 Verwundete, 3 Vermißte

Die Zahl der angreifenden Bomber ist unbekannt, doch dürfte es sich, der Wirkung des Bombardements nach zu schließen, um etwa 30 bis 50 Flugzeuge gehandelt haben, die wahrscheinlich der US-Luftwaffe angehörten. Vermutlich waren diese Bomber auf Verkehrsziele angesetzt. Die Vogelsangstraße erlitt schwere Schäden.

Aus: Heinz Bardua,
Stuttgart im Luftkrieg 1939–1945.

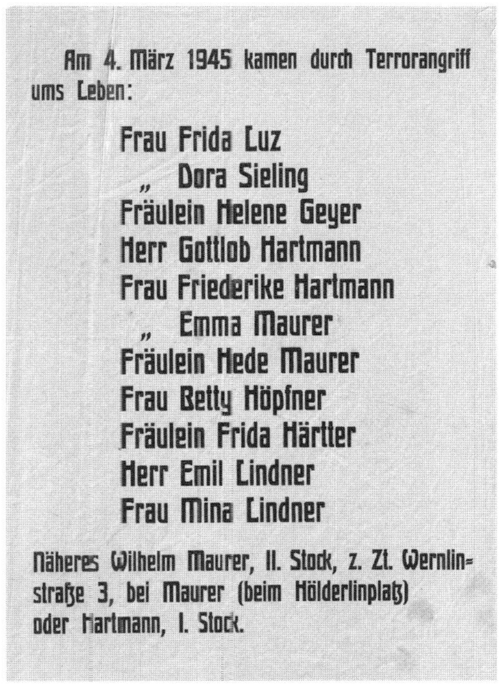
Am 4. März 1945 kamen durch Terrorangriff ums Leben:

Frau Frida Luz
„ Dora Sieling
Fräulein Helene Geyer
Herr Gottlob Hartmann
Frau Friederike Hartmann
„ Emma Maurer
Fräulein Hede Maurer
Frau Betty Höpfner
Fräulein Frida Härtter
Herr Emil Lindner
Frau Mina Lindner

Näheres Wilhelm Maurer, II. Stock, z. Zt. Wernlinstraße 3, bei Maurer (beim Hölderlinplatz) oder Hartmann, I. Stock.

Der nächste Schicksalsschlag war der Tod von Mutter und Großmutter beim Bombenangriff am 4. März 1945 auf den Stuttgarter Westen, bei dem das Haus in der Lerchenstraße 67 zur Hälfte zerstört wurde.

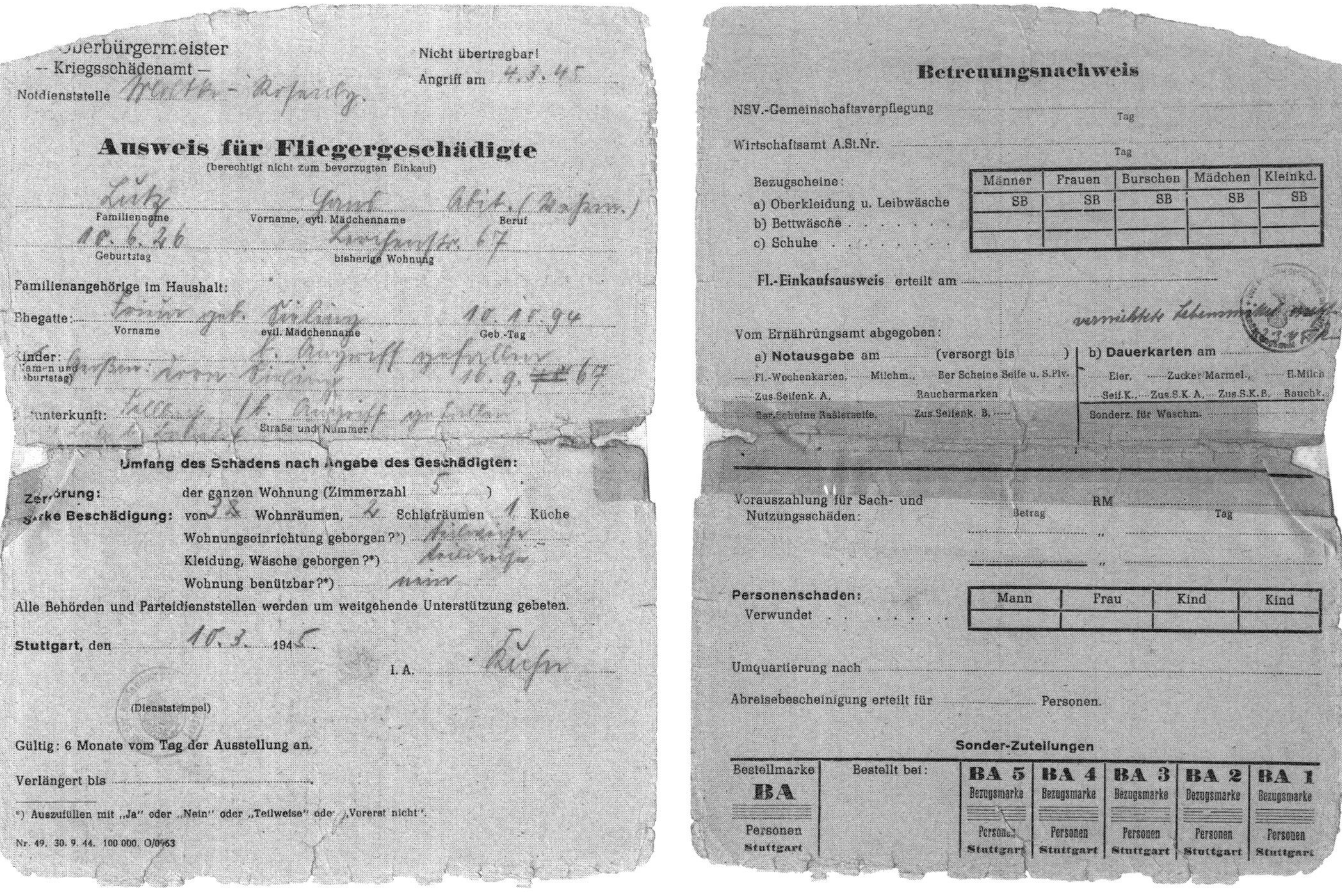

Oberbürgermeister
– Kriegsschädenamt –
Notdienststelle

Nicht übertragbar!
Angriff am 4.3.45

Ausweis für Fliegergeschädigte
(berechtigt nicht zum bevorzugten Einkauf)

Familienname ... Vorname, evtl. Mädchenname ... Beruf

10.6.26 ... Geburtstag ... bisherige Wohnung

Familienangehörige im Haushalt:

Ehegatte: ... 10.10.94
Vorname ... evtl. Mädchenname ... Geb.-Tag

Kinder:
(Namen und Geburtstag)

Unterkunft: ... Straße und Nummer

Umfang des Schadens nach Angabe des Geschädigten:

Zerstörung: der ganzen Wohnung (Zimmerzahl 5)
Starke Beschädigung: von ... Wohnräumen, ... Schlafräumen ... Küche
Wohnungseinrichtung geborgen?*)
Kleidung, Wäsche geborgen?*)
Wohnung benützbar?*)

Alle Behörden und Parteidienststellen werden um weitgehende Unterstützung gebeten.

Stuttgart, den 10.3. 1945.

I. A.

(Dienststempel)

Gültig: 6 Monate vom Tag der Ausstellung an.

Verlängert bis

*) Auszufüllen mit „Ja" oder „Nein" oder „Teilweise" oder „Vorerst nicht".

Nr. 49. 30. 9. 44. 100 000. O/0963

Betreuungsnachweis

NSV.-Gemeinschaftsverpflegung ... Tag

Wirtschaftsamt A.St.Nr. ... Tag

Bezugscheine:
a) Oberkleidung u. Leibwäsche
b) Bettwäsche
c) Schuhe

Männer	Frauen	Burschen	Mädchen	Kleinkd.
SB	SB	SB	SB	SB

Fl.-Einkaufsausweis erteilt am

Vom Ernährungsamt abgegeben:

a) **Notausgabe** am ... (versorgt bis ...)
Fl.-Wochenkarten, Milchm., Ber Scheine Seife u. S.Plv.
Zus.Seifenk. A, Rauchermarken
Ber.Scheine Rasierseife, Zus.Seifenk. B,

b) **Dauerkarten** am
Eier, Zucker/Marmel., E.Milch
Seif.K., Zus.S.K. A, Zus.S.K.B, Rauchk.
Sonderz. für Waschm.

Vorauszahlung für Sach- und Nutzungsschäden: ... RM ...
Betrag ... Tag

Personenschaden:
Verwundet

Mann	Frau	Kind	Kind

Umquartierung nach

Abreisebescheinigung erteilt für ... Personen.

Sonder-Zuteilungen

Bestellmarke BA Personen Stuttgart	Bestellt bei:	BA 5 Bezugsmarke Personen Stuttgart	BA 4 Bezugsmarke Personen Stuttgart	BA 3 Bezugsmarke Personen Stuttgart	BA 2 Bezugsmarke Personen Stuttgart	BA 1 Bezugsmarke Personen Stuttgart

Fliegergeschädigtenausweis mit dem Briefkopf des Stuttgarter Oberbürgermeisters und der Aufforderung: „Alle Behörden und Parteidienststellen werden um weitgehende Unterstützung gebeten" (Vorder- und Rückseite).

thos „Feld" die Feldgendarmerie. Und so marschierte ich als ein seit Jugendtagen im Schießen und mit allen erdenklichen Wehrübungen bestens ausgebildeter Soldat zu meinem irgendwie schon immer erwarteten Fronteinsatz.

Es gab noch einen halbwegs zusammenhängenden Frontverlauf mit eiligst zusammengestellten Kampfgruppen und hier und da auch noch regulären Einheiten.

Bei den meisten Soldaten war der Wille, zu überleben und nicht noch im letzten Moment fürs Vaterland sterben zu müssen, ausschlaggebend für alles Tun und Lassen. Es gab aber auch noch ein paar bis zuletzt fanatische Kämpfer und linientreue Parteigänger. Es gab Erschießungen von Kapitulationswilligen. Es gab Auffangstellen für Versprengte. Es gab Volksstürmler, die Barrikaden bauen mussten, und auch Bürger, die sie heimlich wegräumten. Und natürlich gab es auch noch ein paar Kanonen, Panzerfäuste, Maschinengewehre und Karabiner.

Und so dauerte es drei Wochen, trotz der riesengroßen Überlegenheit der einen Seite, bis sich diese ganze Kriegsmaschinerie durch unser württembergisches Unterland hindurchgefressen hatte und gegen Ende April im Kernland auflöste.

Diese Kriegsmaschinerie, das waren zwei in unterschiedlichen Abständen – mal enger zusammen, mal weiter auseinander – ver-

laufende Frontlinien, die unterschiedlicher nicht sein konnten. Auf der einen Seite, bestens ausgerüstet und versorgt, die Amerikaner mit der Staatsform Demokratie und Meinungsfreiheit. Auf der anderen Seite wir, halb in Auflösung, aber immer noch mit der Staatsform Diktatur einer Partei.
Das war der große Unterschied zu allen anderen Kriegsereignissen in unserem Land, dass es jetzt zu einer anderen Staatsform, einer neuen Zeit, kommen würde.
Während der napoleonischen Kriegszüge war unser Land für die durchziehenden, die Bevölkerung drangsalierenden und Abgaben fordernden Armeen und Soldatenhaufen hauptsächlich Durchzugsland und viele junge dabei zum Kriegsdienst gezwungene Männer verloren auf fremden Kriegsschauplätzen ihr Leben. Aber unser Herzog Friedrich wurde dabei sogar König. Alles blieb beim Alten.
Und in diesem Spannungsfeld eines Umbruchs, einem Niemandsland zwischen zwei Fronten und einem von Etappen und Stäben geräumten, aber von einzelnen fanatischen Nazis immer noch beherrschten Feld, einem Feld, das sich wie der Krakenarm eines urweltlichen Ungeheuers langsam von Nord nach Süd fortbewegte, einem Feld zwischen den Zeiten – in diesem Feld war ich drei Wochen lang mittendrin.
Als Achtzehnjähriger, halb noch ein Bub, halb schon ein bisschen Mann, marschierte, trottete, schlurfte, radelte, schlich ich, oft hellwach, scharf beobachtend, oft träumend und sinnierend durch die im Frühling aufblühende Landschaft, vorbei und beteiligt an Ereignissen von einer nicht zu vergessenden Unwirklichkeit, die tatsächlich stattgefunden hat, manchmal hautnah zwischendrin, manchmal fast ein bisschen unbeteiligt.
Zur gleichen Zeit drangen die Russen in blutigen Schlachten, wie an den Seelower Höhen, ins Reichsgebiet ein und es begann die Schlacht um Berlin.
Gemessen daran und an dem, was andere in Russland und an vielen anderen Fronten an Kriegsereignissen erleben mussten, waren diese Tage hier als Kriegsereignis unbedeutend und für mich keine Heldengeschichte, sondern eher so etwas wie eine zeitweise lebensgefährliche, zeitweise romantisch-unwirklich verklärte Wanderung durch das schwäbische Unterland im Frühling 1945.
Wenn ich auf den nächsten Seiten trotzdem darüber berichte, so nur als Schilderung, wie es da, wo ich war, und aus meiner Sicht so zuging im Lande Württemberg auf dem Weg zur Demokratie und wie sich in mir, trotz mancher Angst vor der Zukunft, langsam das erlösende Gefühl, nun nicht mehr dauernd befohlen und herumkommandiert zu werden, allmählich befreiend spürbar machte.

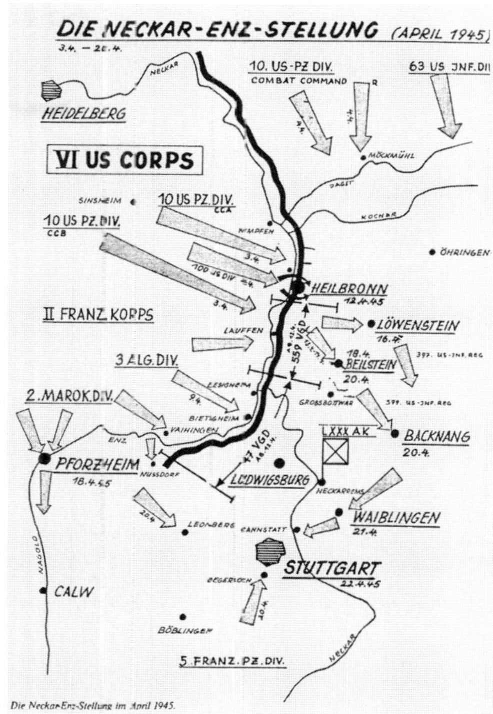

Frontverlauf an Neckar und Enz im April 1945.

III

Frühling im Feld

Es dringen Blüten aus jedem Zweig… Diese Zeilen schwirrten mir durch den Kopf, als ich – 18 Jahre und ein halbes alt – in einer lauen Frühlingsnacht einen kleinen, gerade aufblühenden Kirschzweig vom Baum brach und hinter den hochgeklappten Rand meiner Mütze steckte. Es war Anfang April, die Luft war warm, das richtige Wetter, um einen Achtzehnjährigen träumen zu lassen – vom Frühling, von *Mädchen rein und schön*. Goethe, um den meine Gedanken kreisten und von dessen vielen Gedichten und Dramen man uns einige in der so genannten Oberschule bis in die letzte Zeile erklärt, gedeutet und beigebracht hatte, war, als er diese Zeilen schrieb, etwa so alt wie ich damals.
Auch andere Zeilen aus seinen Gedichten kamen mit einem Mal wieder: *Es schlug mein Herz, geschwind zu Pferde!* – der Aufbruch und das Erleben einer Frühlingsnacht mit Friederike von Sesenheim. „Sturm und Drang“ nannte man diese Zeit.
Aber wo war er, der Sturm und Drang in uns? Wo war er geblieben, wenn es ihn überhaupt einmal gegeben hatte? Kein Pferd, kein Mädchen in der Nacht. Zu Fuß in einer Marschkolonne mit genagelten Stiefeln, aus Leder so hart und unbeweglich fast wie Eisen. Im Dunkel der Nacht grollender Kanonendonner und zuckende Blitze des Artilleriefeuers. Wir hatten wenig Gutes zu erwarten.
So marschierten wir an die letzte schon in Auflösung begriffene Frontstellung im Südwesten des untergehenden deutschen Reiches. Wir, das war eine hastig in der Grenadierkaserne von Zuffenhausen, beim Ersatzbataillon des Regiments 119, zusammengestellte Kompanie aus allem, was gerade da war: Offiziere, Feldwebel, Unteroffiziere, Rekruten und einige von uns ROB-Gefreiten, die ein paar Tage als Hilfsausbilder fungiert hatten. Der Aufbruch geschah so, wie man es später in dem Film „Die Brücke“ sah: Geschrei, Befehle, aufgeregtes Hin und Her, Ausgabe scharfer Munition.
Nach der langen Ausbildung mit Platzpatronen und dem Schießen auf Scheiben und Pappkameraden hätte die Ausgabe von scharfer Munition im Sinne unseres Ausbildungsziels eigentlich fast ein feierlicher Akt sein und einen innerlich erregen müssen. Jetzt, da es ernst wurde, lief alles geschäftsmäßig und emotionslos ab.
In dem Ersatzbataillon war begreiflicherweise kein Mangel an Offizieren und Unteroffizieren und so waren wir, im Gegensatz

Mailied

Wie herrlich leuchtet
Mir die Natur!
Wie glänzt die Sonne!
Wie lacht die Flur!

Es dringen Blüten
Aus jedem Zweig,
Und tausend Stimmen
Aus dem Gesträuch;

Und Freud' und Wonne
Aus jeder Brust.
O Erd', o Sonne!
O Glück, o Lust!

O Lieb', o Liebe!
So golden schön,
Wie Morgenwolken
Auf jenen Höhn!

Du segnest herrlich
Das frische Feld,
Im Blütendampfe
Die volle Welt.

O Mädchen, Mädchen,
Wie lieb' ich dich!
Wie blickt dein Auge!
Wie liebst du mich!

So liebt die Lerche
Gesang und Luft,
Und Morgenblumen
Den Himmelsduft,

Wie ich dich liebe
Mit warmem Blut,
Die du mir Jugend
Und Freud' und Mut

Zu neuen Liedern
Und Tänzen gibst.
Sei ewig glücklich,
Wie du mich liebst!

Goethes Maigedicht.

zu den noch regulären Fronteinheiten, bestens ausgestattet: Ich wurde eingeteilt als Zugmelder, mein Zugführer war ein Leutnant, sein Stellvertreter ein Stabsfeldwebel und der Zugtruppführer, dem ich zugeteilt wurde, ein Unteroffizier.
Dass ich Melder geworden bin, darüber war ich zunächst nicht froh. Bei einem Rückzug gibt es nicht mehr viele Telefonverbindungen. Funk gab es allenfalls noch bei der Artillerie. Also brauchte man Melder. In einer so unbedeutenden Einheit wie der unsrigen war ein Melder sicher nur zu Fuß oder höchstens per Fahrrad unterwegs. Ich stellte mir vor, dass ich dauernd herumrennen müsste, während die anderen in ruhiger Stellung säßen oder lägen. Später hat sich aber herausgestellt, dass genau dies, zumindest zeitweise, gar nicht so schlecht war. Denn während die anderen in ihren engen Panzerdeckungslöchern saßen, konnte ich alleine die Gegend südlich von Heilbronn, zwischen Neckar und Löwensteiner Bergen, kreuz und quer durchstreifen. Manchmal mit der Illusion eines Hauchs von Freiheit.
Aber jetzt hieß es, erst einmal auf LKWs aufsteigen. Eine allgemeine Befehlsausgabe, eine Ansprache oder gar eine flammende Rede, wie dies sonst bei wichtigen Ereignissen üblich war, gab es nicht. Wir fuhren, ohne zu wissen, wohin, ins Ungewisse. In Besigheim war Schluss mit Fahren, von dort ging es weiter zu Fuß in die anbrechende Nacht hinein, über die Enz ins Neckartal durch seine zu blühen beginnenden Obstgärten. Natürlich waren nicht alle derart romantische Schwärmer wie ich mit meinem Kirschzweig an der Mütze. Im hintersten Glied sang einer vor sich hin: „Der Mond scheint durch das Neckartal, im ganzen Land sieht man schier nichts, als wie die Tücke des Geschicks.“ Demnach lag auch Galgenhumor in der Luft.
Ein größerer Teil des Zugs kannte sich untereinander. Wir waren zusammen im Juni 1944 Rekruten geworden, hatten gemeinsam die Grundausbildung gemacht. Bei den Einsätzen nach Fliegerangriffen in Stuttgart waren wir alle dabei, und zuvor waren alle schon Luftwaffenhelfer und beim Reichsarbeitsdienst gewesen. Wir hatten gemeinsam den Lehrgang für Reserveoffiziersbewerber in Reutlingen und die Fahrschule für Lastwagen absolviert. Die schrecklichen Luftangriffe hatten uns zwar die Grausamkeit des Krieges miterleben lassen, aber eine direkte Konfrontation mit unseren so genannten Feinden kannten wir bis dahin noch nicht.
Jetzt, jahrelang darauf vorbereitet und ausgebildet, marschierten wir zum Fronteinsatz. Mit jeder zurückgelegten Wegstrecke kamen die über den Horizont huschenden Blitze und der dumpf grollende Kanonendonner immer näher. Es wurde allmählich ruhiger in der Marschkolonne. Es war nicht nur Müdigkeit, sondern sicher auch die Angst vor einem ungewissen Schicksal, die unsere Gedanken kreisen ließ. Als stummer Haufen zogen wir neckarabwärts. Was in den Köpfen der Einzelnen vorging, weiß

Meldedienst, die Übermittelung von Befehlen und Nachrichten im Felddienst. Bei den Stäben ist der M. Aufgabe der Nachrichtentruppen, bzw. Nachrichtenzüge, die mit Fernsprech- und Funkgerät ausgerüstet sind. Die Nachrichtenverbindungen werden immer von der vorgesetzten Dienststelle zu den untergebenen gelegt. Zwischen den Stäben und den Kompanien und deren Unterteilen werden je nach den Umständen verschiedene Meldewege geschaffen. Am wichtigsten ist das Fernsprechgerät; bei dessen Fehlen oder Versagen werden Meldereiter oder Melder (Meldegänger, Läufer, früher Ordonnanzen genannt) notwendig, u. U. bildet man Läuferketten.

Munition, der Schießbedarf der Feuerwaffen (→ Geschoß, Granaten, Schrapnell, Kartätsche, Patronen). Bei dem starken Verbrauch an M., der zur Zeit der Großkämpfe ins Ungeheure anschwillt, ist die Versorgung der Truppen mit M. eine Hauptaufgabe der höheren Führung. Sie erfolgt in der Regel durch Zuteilung von Tagesraten auf Grund der Munitionsmeldungen der Truppe. Im Großkampf kann der Führer durch Zuweisung größerer Munitionsmengen Schwerpunkte bilden und dadurch einen Einfluß auf die taktische Gefechtsführung ausüben. Munitionsersatz im Gefecht: a) Infanterie: Der erste Schießbedarf wird von den Schützen am Leibe getragen. Vor Eintritt in das Gefecht kann der Inhalt der Gefechtswagen ausgegeben werden. Jede Gelegenheit zum Vorbringen von M. ist auszunützen. Gefallenen u. Verwundeten werden die Patronen abgenommen. Im Notfall müssen Patronen durch Flieger über der vordersten Stellung abgeworfen werden.

„Militärisches Wörterbuch“: „Meldedienst“ und „Munition“.

Eisernes Kreuz, zuerst gestiftet am 10. März 1813. Erneut gestiftet 1870, 1914 und schließlich am 1. September 1939 von Adolf Hitler selbst zum Ausbruch des Zweiten Weltkriegs.

ich natürlich nicht. Aber es war sicher kaum einer unter uns, der begierig, froh und stolz war, nun endlich zum Einsatz zu kommen. Vielleicht hat der eine oder andere noch von einem Eisernen Kreuz geträumt. Aber die meisten hofften sicher nur noch, unbeschadet das Kriegsende zu erleben. Von der Aufbruchstimmung, mit der unsere Altersgenossen in den Weltkrieg, „ins Feld“, zogen und die wir – nach allem, was man uns jahrelang gelehrt und vorgemacht hatte – eigentlich hätten spüren müssen, waren wir weit entfernt.

Ich hatte schon als Pimpf nur verhalten mitgesungen, wenn es hieß: *Und die Fahne ist mehr als der Tod.* Ein anderes Lied, das ich als Pimpf immer mit gemischten, wehmütigen Gefühlen gesungen habe und das zu unserer jetzigen Stimmung auf dem nächtlichen Marsch an die Front passte, kam mir in den Sinn: *Es klappert der Huf am Stege, | wir zieh´n mit dem Fähnlein ins Feld. | Blutiger Kampf aller Wege, | dazu sind auch wir bestellt. | Wir reiten und reiten und singen | im Herzen die bitterste Not. | Die Sehnsucht will uns bezwingen, | doch wir reiten die Sehnsucht tot.*

Leis sinkt der Abend nieder, | uns wird das Herze schwer, | leiser werden unsre Lieder, | wir sehn keine Heimat mehr. | Wir reiten und reiten und reiten, | und hören von fern schon die Schlacht. | Herr lass uns stark sein im Streiten, | dann sei unser Leben vollbracht.

Der Kanonendonner war zwar entfernt, aber es bestand kein Zweifel, dass wir ihm entgegenmarschierten. Irgendwo ging es über den Neckar. In Neckarwestheim gab es einen längeren Aufenthalt. Dort, wo der Leutnant war, war auch zugleich der Zuggefechtsstand – in einem Wirtshaus. Ich habe dort einige Zeit unter einem Schanktisch gelegen und geschlafen.

Die nächste Nacht brachten wir in Ilsfeld zu. Dort war der Befehlsstand in der Küche eines Bauernhauses. Nach alter Landserart habe ich abends einfach zehn Eier aus dem Küchenschrank genommen und für den Leutnant und mich in die Pfanne gehauen. Dann legten wir uns in voller Montur in die Betten und schliefen.

Am folgenden Tag ging es weiter Richtung Heilbronn. Auf den Straßen war heilloses Durcheinander: Schweres Gerät, etwa Panzer, trafen wir nicht mehr, aber alte klapprige Autos, Kradmelder, Radfahrer, Pferdefuhrwerke, zurückmarschierende Soldaten, Verwundete auf Leiterwagen, dazwischen Zivilisten, die uns nicht gerade freudig entgegenkamen. Und über allem kreiste ein Aufklärungsflugzeug, sodass man immer wieder von der Straße weg in Deckung gehen musste.

Wir wussten gar nicht recht, zu welcher Einheit wir nun gehörten. Möglicherweise gab es auch widersprüchliche Befehle oder die Hierarchie begann schon sich aufzulösen. Unser Stabsfeldwebel war ungeheuer wütend über das Chaos, in dem wir uns bewegten. Selbstverständlich war er gewohnt, über Kompanie, Bataillon und Regiment informiert zu sein. All das war aber im herrschenden Durcheinander nicht mehr genau auszumachen.

Der damalige Kommandeur der 559 Volksgrenadierdivision über den Zustand seiner Truppe, der auch wir angehörten:
„Als Ersatz für die Infanterie wurden Arbeitsdienstleute zugewiesen, während die Artillerie und Panzerjäger durch Ersatztruppenteile des Wehrkreises V ergänzt wurden. In den Ersatztruppenteilen steckte viel Brauchbares und gut ausgebildetes Menschenmaterial.“ (Aus dem „Beilsteiner Heimatbuch“, 1983).

Amerikaner

Irgendwann landeten wir in einem Bunker bei Sontheim, südlich von Heilbronn. Es gab noch Reste einer früheren Neckarverteidigungslinie – einer zweiten Linie hinter dem Westwall. Dort harrte man der Dinge, die da kommen sollten. Es kursierten die üblichen Gerüchte und Schilderungen von Kriegserlebnissen. Mein Leutnant kannte den Kampf gegen die Amerikaner vom Einsatz in Frankreich und sagte, dass sie vor einem Angriff alles mit ihrer Artillerie in einer ungeheuren Feuerkraft beschießen. Danach könne es nur noch heißen: Rette sich, wer kann. Ein Anderer erzählte von den Infanteristen, die kämen ganz lässig auf leisen Gummisohlen – nicht so wie wir mit schweren, polternden Stiefeln – den Stahlhelm leicht schräg auf dem Kopf. Aber einen Stahlhelm hatte jetzt bei uns fast keiner mehr auf dem Kopf. Meiner war auf den Tornister geschnallt, irgendwo beim Tross.
Ich selber habe darüber nachgedacht, wer eigentlich diese Amerikaner, denen wir bald gegenüberstehen sollten, sind. In der Schule hatte man von ihrem Riesenland gehört, von den Cowboys, Indianern und Trappern. Und aus der Propaganda kannte man Roosevelt als Kriegshetzer und seine Umgebung als „Plutokraten".
Aber ich erinnerte mich auch an zu Hause. Meine Mutter hatte, noch lange vor dem Krieg – das war vielleicht von der Partei angeregt worden – zwei amerikanische Studenten aufgenommen, aus Chicago. Sie waren älter als ich, schon so etwa zwanzig, und ein völlig anderes Leben gewohnt als wir: Über die HJ und deren militaristisches Gehabe haben sie sich mokiert. Einmal habe ich mit ihnen eine Veranstaltung im Haus der Auslandsdeutschen besucht. Ein strammer NSDAP-Propagandamann erklärte ihnen dort die Wohltaten des „Dritten Reichs". Sie haben nur vor sich hin gefeixt.
Einmal haben sie mich in große Verlegenheit gebracht: Meine Mutter wollte ihnen natürlich möglichst viel bieten. So schickte sie uns mit dem Fahrrad auch zum Schloss Solitude. Dort sind die beiden als Allererstes verschwitzt und durstig in das für mich sehr vornehme Restaurant, das neben dem Schloss einen Kaffeegarten hatte, gestürzt und haben sofort Traubensaft bestellt, etwas, was ich, weil so teuer, noch nie getrunken hatte. Als es ans Bezahlen ging, hat jeder von den beiden sein Fläschchen bezahlt. Und ich, weil ich kein Geld mitbekommen hatte – es hat ja nicht, wie seinerzeit am Feuersee, Eintritt gekostet – musste mir das Geld von ihnen ausleihen.
Die beiden wollten nach dem Aufenthalt in Stuttgart mit dem Fahrrad nach München fahren. Weil sie der Ansicht waren, dafür brauche man kurze Hosen, hat einer seine langen Hosen zum Entsetzen meiner Mutter einfach abgeschnitten. Also waren die Amerikaner für uns etwas exotisch, großzügig und aushäusig.

Troß, früher Bagage genannt, ist der auf Wagen mitgeführte Gefechtsbedarf einer Truppe. Er gliedert sich in den Gefechtstroß und den → Verpflegungs- und Gepäcktroß.

Tornister, bestehend aus Tornisterkasten, Tornisterklappe mit Wäschebeutel und 2 Patronenbehältern u. Trageriemen, enthält das Feldgepäck der Unberittenen. Die Außenseiten sind mit rauhem, braunem Kalbfell bezogen.

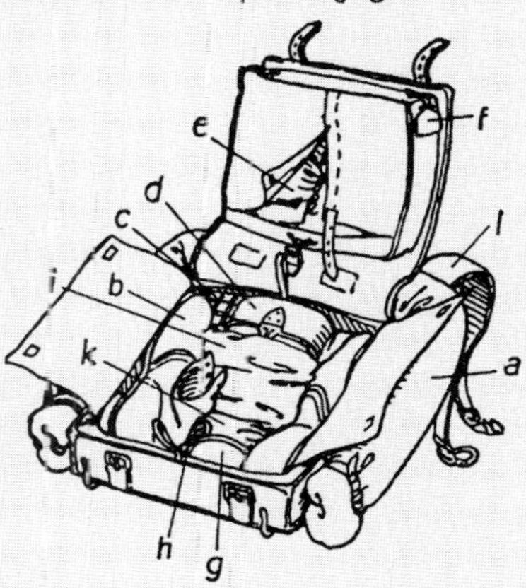

a Mantel gerollt
b Schuhe, darin Putzzeug
c Strümpfe
d Kochgeschirr, darin Zwiebackbeutel
e Handtuch, Hemd, Näh- u. Waschzeug
f Rasierzeug
g Fleischkonserve
h Zeltleine
i Kochgeschirrhülle
k Gewehrreinigungsbeutel
l Trageriemen

„Troß" und „Tornister" wie sie das „Militärische Wörterbuch" beschreibt.

Aus der Wochenschau kannte man Schönheitswettbewerbe, bei denen junge Mädchen, die sich schminken, in Badeanzügen auf Laufstegen stolzieren und begafft werden. Und natürlich gab es Jazzmusik, die wir als Schüler bei den Nachtwachen in der Schule heimlich hörten. Man hat Karl May und Huckleberry Finn von Mark Twain gelesen. Wir wussten, dass es dort Schwarze, die Nachfahren der Sklaven, gibt, die unterdrückt werden und keine gleichwertigen Bürger sind, aber bei den Olympischen Spielen in Berlin 1936 als Sportler, zum Leidwesen unseres Führers, sehr erfolgreich waren.

Unser Erdkundelehrer hat einmal erzählt, dass die Sonntagszeitungen in Amerika einhundert Seiten hätten, während der NS-Kurier damals aus einem einzigen Blatt bestand.

Aber die Informationen flossen zufällig, aus unterschiedlichen Quellen und waren von unserer Propaganda beeinflusst. Umfassende Kenntnisse über die USA hatten wir nicht.

Hölderlin

Irgendwann ging es wieder weiter. Merkwürdigerweise nicht vorwärts, Richtung Heilbronn – wir hatten geglaubt, zur Verteidigung Heilbronns eingesetzt zu werden. Dagegen ging es zurück nach Süden, Richtung Neckar. Und wieder maulte unser Stabsfeldwebel über die verworrene Situation und fürchtete, in die Irre geführt zu werden. Er war hochdekoriert: EK1, Infanteriesturmabzeichen, Nahkampfspange und so weiter. Er hatte in Russland sicher viele Gefechte miterlebt und nun möglicherweise Angst, in diesem Chaos doch noch ein ungutes Ende zu finden.

Unberechtigt war das Maulen unseres Stabfeldwebels nicht. Wir waren kurz vor Heilbronn und jetzt ging es zurück nach Lauffen. Als wir den Hang zum Neckar hinuntertrotteten, sagte ich meinem Leutnant: „Hier ist der Hölderlin geboren“. Er wiegte nur sinnend den Kopf und sagte nichts.

Ich hatte in den wenigen Stunden, in denen ich zum Lesen Zeit und Ruhe fand, vor der Luftwaffenhelferzeit, vieles von ihm gelesen, konnte und kann heute noch einiges auswendig:

Ihr wandelt droben im Licht, auf weichem Boden selige Genien ... doch uns ist gegeben an keiner Stätte zu ruhn ...

Vor seiner Hütte ruhig im Schatten sitzt der Pflüger; dem Genügsamen raucht sein Herd.

Das alles kam mir in den Sinn, aber auch Hölderlins zerrissener, brüchiger Lebenslauf. Seine Lyrik war so recht der Lesestoff für einen Jungen wie mich. Aber in den Heimatabenden der HJ und auch in der Schule war er vor allem der Dichter des Vaterlandes.

Seliges Land! kein Hügel in dir wächst ohne den Weinstock
Nieder ins schwellende Gras regnet im Herbste das Obst
Fröhlich baden im Strome den Fuß die glühenden Berge
Kränze von Zweigen und Moos kühlen ihr sonniges Haupt ...
(Aus: Friedrich Hölderlin, „Der Wanderer“, Gedichte 1796–1799).

Und da wurde immer wieder „Der Tod fürs Vaterland“ zitiert: *Du kömmst, o Schlacht! schon wogen die Jünglinge | Hinab von ihren Hügeln, hinab ins Tal, | wo keck die Würger dringen… | Und Siegesboten kommen herab: Die Schlacht | Ist unser! Lebe droben, o Vaterland, | und zähle nicht die Toten! Dir ist, | Liebes! nicht Einer zu viel gefallen.*
Aber von Hölderlins Siegesboten war weit und breit nichts zu sehen, im Gegenteil. Wir marschierten auf der anderen Neckarseite Richtung Norden den Berg hinauf. Vorbei an liegen gebliebenem Material, an zurückmarschierenden und zurückwankenden verwundeten Gestalten. Über uns immer der Aufklärer, das langsam kreisende Flugzeug der amerikanischen Artillerie. Immer wieder hieß es „volle Deckung!“ und einmal scheuchte der Stabsfeldwebel uns in eine Scheuer. Die war verschlossen. Da hieß es: „Aufreißen den Hasenstall!“ Das ist eine dieser ambivalenten Situationen. Auf der einen Seite hatte man Verständnis für die Zivilbevölkerung, unterhielt sich mit den Leuten, bekam da und dort auch zu essen. Wurde es aber ernst, verhielten wir uns wie Besatzungssoldaten. Wir haben die Hütte rücksichtslos aufgerissen. Oder wir haben uns, wie in Ilsfeld, einfach in ihre Betten gelegt.
Über Nordheim kamen wir am Nachmittag nach Klingenberg und sollten dort Stellung beziehen. Der Bataillonsgefechtstand war in Nordheim, Kompaniegefechtsstand und Tross mit unseren Tornistern waren irgendwo beim Schloss. Unser Zuggefechtsstand befand sich in einem Bauernhaus am westlichen Ortsrand, an der Straße nach Großgartach.
In der Wohnstube des Bauernhauses, unserem Zuggefechtsstand, erlebte ich einen dramatischen Wortwechsel zwischen unserem Leutnant, er hieß Schneider, und seinem Stellvertreter, Stabsfeldwebel Salat (mit Betonung auf der ersten Silbe). Der Zugtruppführer Paule Kinkel saß mit am Tisch, ich auf dem Boden in einer Ecke. Der in vielen Kämpfen und Schlachten kriegserfahrene Stabsfeldwebel mit sicher 14 oder 15 Dienstjahren – denn Stabsfeldwebel wurde ein Hauptfeldwebel erst nach zwölf Dienstjahren – hatte die Aussichtslosigkeit unserer Lage voll erkannt. Wir waren auf dem Marsch vorbei an Heilbronn, wohl zur Verstärkung einer Verteidigungslinie entlang der Jagst. Die Amerikaner rückten ja von Nordwesten her vor. Nun hat man auch einen Angriff direkt von Westen erwartet.
Nach Lage der Dinge und vor allem der Topografie wäre es richtig gewesen, auf der rechten Neckarseite, etwas abgerückt am Fuße der Hügelkette eine Verteidigungslinie aufzubauen. Dort gab es noch aus Zei-

Anfang April 1945. Heilbronn wird von den Amerikanern umzingelt. Die Karte zeigt auch, welch Irrsinn es war, ein paar Hundert Mann mit Gewehren und Panzerfäusten auf das linke Neckarufer zu schicken.

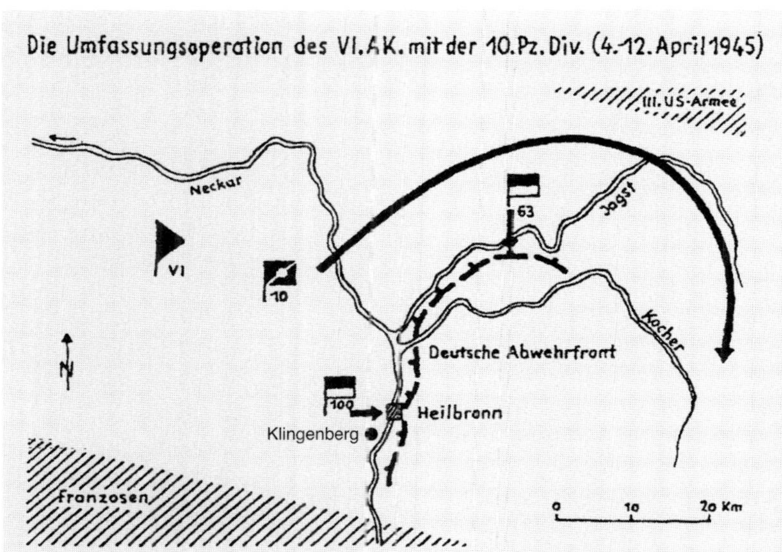

Stabsfeldwebel, oberster Dienstgrad der → Unteroffiziere mit Portepee, trägt auf den Schulterklappen 1 Stern über der Regimentsnummer und 2 Sterne nebeneinander darunter. Der S. steht zwar im Range über dem Haupt- und Oberfeldwebel, ist jedoch Untergebener des Haupt- oder Oberfeldwebels s e i n e r Dienststelle. Zum S. können Unteroffiziere befördert werden, die über 12 Jahre hinaus aktiv dienen.

„Militärisches Wörterbuch“: „Stabsfeldwebel“.

ten der entmilitarisierten Zone eine Reihe von kleinen Bunkern. Stattdessen schickte man uns auf die linke Neckarseite nach Klingenberg, und weil der Neckarsteg bei Horkheim schon gesprengt war, auf einen Umweg über Lauffen, wo es noch eine Brücke gab. Wir waren also ein kleiner Brückenkopf ohne Brücke. Angesichts eines mit kampfstarken Verbänden, Panzern und allem schweren Gerät anrückenden Feind als ein kleines, nur mit Maschinengewehren und Karabinern ausgerüsteten Häuflein Soldaten mit dem Neckar im Rücken ein wahres „Himmelfahrtskommando“.

Die erste Reaktion des Stabsfeldwebels Salat war noch ganz schwäbisch sarkastisch mit einem Spruch, den er auch sonst schon hie und da gebraucht hatte: „Des isch zum bolzgrad end Luft nuffsoicha und dra nuffklettere“. Hoffnungs- und hilfloser kann man eine Situation wohl kaum darstellen.

Aber dann wurde es ernst. Er sagte immer wieder: „Herr Leutnant, wir werden hier planmäßig in die Scheiße hineingeführt.“ Er meinte, auf irgendeinem Stab sitze einer, der völlig unerfahren und ahnungslos ist oder aber – eine etwas absurde Idee – ein Spion oder Kollaborateur der Amerikaner, der nichts anderes im Sinn habe, als uns denen möglichst schnell in die Hände zu spielen.

Ich hatte natürlich von all dem und den strategischen Zusammenhängen keine Ahnung und Meinung. Ich habe halt alles so hingenommen, wie es war, hörte aber in meiner Ecke immer wieder den Satz: „Herr Leutnant, wir werden hier planmäßig in die Scheiße hineingeführt.“

Dann stand er auf und sagte, er sei bereit, zum nächsten Befehlsstand zu gehen. Inzwischen hatte sich herausgestellt, dass wir zu einer „Kampfgruppe Krebs“ gehörten, deren Befehlsstand natürlich jenseits am rechten Neckarufer auf den Hängen bei Flein lag. Dort wolle er alles sagen, wohl mit dem Hintergedanken, dass wir vielleicht auf das andere Neckarufer verlegt werden. Dies wäre ja fast so etwas wie eine Befehlsverweigerung gewesen. Aber es war ihm so ernst, dass er aufstand und als eingefleischter Schwabe fast pathetisch wurde und dort alles so vortrug und sich an die vorgewölbte Brust schlug: „Ich sage dies als ein großdeutscher Stabsfeldwebel. Hier stehe ich, ich kann nicht anders“. Der Leutnant blieb ruhig und traf die nächsten Anordnungen.

Die Verteilung und die Einrichtung der Stellungen ging ziemlich flott. Es gab ja nur Infanteriewaffen, schwere Maschinengewehre, Maschinengewehre, Karabinergewehre, ein paar Panzerfäuste und sonst nichts.

Am nächsten Morgen schickte man mich fort, um festzustellen, wer rechts von uns war. So schnappte ich mir ein Fahrrad und fuhr bis nach Böckingen. Am Ortsrand gab es schwere Maschinengewehrstellungen. Einzelne Soldaten standen herum, andere hatten sich eingegraben. Ich habe erfahren, dass die Amerikaner schon in Großgartach sind. Damit war sicher: Es wurde langsam ernst.

Berufspflichten des deutschen Soldaten sind in der Fassung vom 25. 5. 1934 an Stelle der ehemaligen Kriegsartikel getreten. I. Die Wehrmacht ist der Waffenträger des deutschen Volkes. Sie schützt das Deutsche Reich und Vaterland, das im Nationalsozialismus geeinte Volk und seinen Lebensraum. Die Wurzeln ihrer Kraft liegen in einer ruhmreichen Vergangenheit, in deutschem Volkstum, deutscher Erde und deutscher Arbeit. Der Dienst in der Wehrmacht ist Ehrendienst am deutschen Volk. II. Die Ehre des deutschen Soldaten liegt im bedingungslosen Einsatz seiner Person für Volk und Vaterland bis zur Opferung seines Lebens. III. Höchste Soldatentugend ist der kämpferische Mut. Er fordert Härte und Entschlossenheit. Feigheit ist schimpflich, Zaudern ist unsoldatisch. IV. Gehorsam ist die Grundlage der Wehrmacht, Vertrauen die Grundlage des Gehorsams. Soldatisches Führertum beruht auf Verantwortungsfreude, überlegenem Können und unermüdlicher Fürsorge. V. Große Leistungen im Krieg und Frieden entstehen nur in unerschütterlicher Kampfgemeinschaft von Führer und Truppe. VI. Kampfgemeinschaft erfordert Kameradschaft. Sie bewährt sich in Not und Gefahr. VII. Selbstbewußt und doch bescheiden, aufrecht und treu, gottesfürchtig und wahrhaft, verschwiegen und unbestechlich soll der Soldat dem ganzen Volk ein Vorbild männlicher Kraft sein. Nur Leistungen berechtigen zum Stolz. VIII. Größten Lohn und höchstes Glück findet der Soldat im Bewußtsein freudig erfüllter Pflicht. Charakter und Leistung bestimmen seinen Weg und Wert.

„Berufspflichten des deutschen Soldaten" aus dem „Militärischen Wörterbuch".

Helden

Es herrschte die merkwürdige Stimmung der Ruhe vor dem Sturm. Ein bisschen Angst, ein bisschen Erwartung. Wir sahen die ersten Granateinschläge. Die Trichter der Artilleriegranaten waren viel kleiner als die Bombentrichter der Luftminen, die wir von Fliegerangriffen kannten. Aber Fliegerangriffe waren immer vorübergegangen und jetzt kamen Panzer, Infanterie, reale Truppen. Also kam nun eine „Feuertaufe" auf mich zu. Was gab und gibt es nicht alles zu dem Wort „Feuertaufe" an Literatur, an Heldengeschichten, Heldensagen und Mannbarkeitsriten. Die Helden waren immer Kriegshelden, waren die Sieger in Schlachten und Kämpfen, oder sie starben den Heldentod.
In Wallensteins Lager singen sie: *Und setzet ihr nicht das Leben ein, | nie wird Euch das Leben gewonnen sein.*
Und bei Walter Flex: *Müssen wir sterben | stirbt sich's am schlechtesten | nicht am mahnenden Schwert.* Aber auch mit Todesahnung: *Und fahr'n wir ohne Wiederkehr | Rauscht uns im Herbst ein Amen!*
Im Ersten Weltkrieg gingen die jungen Soldaten bei Langemarck mit „Deutschland über alles" an die Front.
So früh wie möglich hat man begonnen, uns zu „Helden" zu erziehen, schon in der Schule. Im Jungvolk, in der Hitlerjugend, im Wehrertüchtigungslager, als Luftwaffenhelfer, beim Reichsarbeitsdienst, als Rekrut in der Grundausbildung und als Reserveoffiziersbewerber – immer und immer wieder habe ich gelernt zu gehorchen, strammzustehen und „saugend und schraubend den Kolbenhals umfassend, beim Einatmen den Druckpunkt zu nehmen, beim Ausatmen durchzuziehen". Also zu schießen auf einen Gegner, den man verachten oder sogar hassen sollte. Anfangs habe ich eingesehen, dass Militär notwendig ist. Aber ich war auch ängstlich, denn aus dem Ersten Weltkrieg wurden schreckliche, schauerliche Geschichten erzählt. Eigentlich war ich der Meinung, dass einer wie Hitler niemals Krieg anfangen würde. Schließlich war er als Meldegänger in den Schlachten um Verdun gewesen, wo man in Schlamm und Dreck von Granatloch zu Granatloch springen musste. Ich dachte, Ziel der „Wehrertüchtigung" sei die Verteidigung, falls „feindliche Mächte" uns umzingeln und angreifen sollten. An Hitlers Friedenswillen hat man geglaubt bis zur Eingliederung Österreichs und auch noch des Sudetenlands. Aber schon bei der

Fahneneid, das feierliche Gelöbnis der Pflichterfüllung als Soldat, wird bald nach dem Diensteintritt geleistet. Er darf nicht verweigert werden, nur Mennoniten leisten an seiner Stelle ein gleiches Gelöbnis. Der F. lautet: „Ich schwöre bei Gott diesen heiligen Eid, daß ich dem Führer des Deutschen Reiches und Volkes, Adolf Hitler, dem Obersten Befehlshaber der Wehrmacht, unbedingten Gehorsam leisten und als tapferer Soldat bereit sein will, jederzeit für diesen Eid mein Leben einzusetzen."

„Fahneneid" aus dem „Militärischen Wörterbuch".

Schaffung eines Protektorats „Böhmen und Mähren", was praktisch die Besetzung der Tschechoslowakei bedeutete, kamen erste Zweifel auf.
Ich habe mich einmal – das war schon während des Krieges – in der Lerchenstraße mit dem zwei Jahre älteren Rudolf Maurer unterhalten. Der hatte damals schon ein Bein verloren. Wir unterhielten uns darüber, wie viel schöner es wäre, nicht Bürger einer „Großmacht" zu sein, sondern in einem kleinen Land, am Rand, zu leben. Etwa in der Schweiz, auf die wir bei manchen Radtouren sehnsüchtig über den Bodensee hinübergeschaut haben. Wir dachten, die Schweizer müssten nicht Soldat werden und auf Leute schießen.
Der Gedanke, auf einen anderen lebenden Menschen zu schießen, machte mich unsicher. Wiewohl ich wusste, dass es Situationen gibt, in denen es nicht anders geht. Jetzt in Klingenberg im Neckartal sollte es so weit sein. Über Sinn und Zweck konnte und wollte man sich keine Gedanken machen. Wir hatten nie eine andere Wahl, als das zu tun, was die Obrigkeit befahl. Es gab den Eid und die Feldgendarmerie, vor der man Respekt und Angst hatte; sie sorgte dafür, dass er eingehalten wurde.
Vor mir selbst hatte ich mir eine kleine Rechtfertigung zurecht gelegt: Vielleicht, dachte ich, sollten wir die Amerikaner nicht ganz ungehindert ins Land lassen, denn falls es noch zu einem Waffenstillstand käme, gäbe es ein besetztes und ein unbesetztes Gebiet wie eine Zeit lang in Frankreich. Dann hätten wir vielleicht das Glück, dass das Schwabenland unbesetztes Gebiet bliebe. Aber das war natürlich ein hoffnungsloser Gedanke.

Feuertaufe

Angesichts der zusammenbrechenden Front waren wir, die ROB-Lehrgängler, eigentlich die am besten ausgebildeten Soldaten, die man sich vorstellen konnte. Die anderen waren zusammengewürfelt: Volkssturm, Arbeitsdienst und weiß Gott was. Wir dagegen waren zum großen Teil schon Gefreite und kurz davor, Unteroffizier zu werden. Unsere Ausrüstung bestand allerdings nur aus Maschinengewehr, Gewehr und ein paar Panzerfäusten. Jetzt konnten wir nichts anderes mehr tun als abwarten.
Die Soldaten saßen in ihren Löchern oder MG-Stellungen. Wir, Zugführer und Zugtrupp, gingen noch ein bisschen herum. So standen wir, als es schon langsam dämmerte, auf der Straße nach Großgartach, am Ende von Klingenberg. Klingenberg war geprägt durch ein Schloss und eine bergauf verlaufende Hauptstraße, die in einer leichten Kurve nach Großgartach und Lein-

garten abwich. Dort waren wir, als ein Kübelwagen mit dem Bataillonskommandeur und dem Kompanieführer auftauchte. Sie wollten Inspektion abhalten, nach dem Rechten sehen. Sie stiegen aus, besprachen mit unserem Leutnant, ob alles in Ordnung sei, jeder bereit und so weiter, als ein ungeheurer Lärm – Artilleriefeuer und Panzergeräusche – losging. Bataillonskommandeur und Kompanieführer sprangen in den Kübelwagen, drehten um und fuhren zurück. Wir waren im Nu im Straßengraben. Zum Artilleriefeuer kamen Maschinengewehr, Panzergranaten, auch viel Schreien, und das auf Französisch. Das war das sichere Zeichen, dass die Spitze des Angriffs schon in Rufweite war. Unsere schweren Maschinengewehre am Ortsrand schossen aus allen Rohren, sodass der Vormarsch des Angriffskeils zum Stillstand kam. Uns blieb kurze Zeit zum Umsehen und Verschnaufen.

Klingenberg wurde Anfang April von Franzosen und Amerikanern erobert und besetzt. Unser Widerstand war ziemlich sinnlos.

Die Angreifer waren so nah, dass ihre Geschosse auf der gegenüberliegenden Straßenseite mit Krachen und Zischen in die Bäume schlugen. Offenbar konnten sie ihre Maschinengewehre nicht weit genug schwenken, um unsere Straßenseite zu erreichen. Zum ersten Mal nahm ich den Unterschied zwischen Geschoss und Mündungsfeuer wahr – wir hatten ja sonst immer selber geschossen. In der Übung hörte man einen Knall, wenn der Schuss losging, jetzt hörte man außerdem die Geräusche der vorbeifliegenden Geschosse. Pausenlos tak-tak-tik-tik-tak-tak-tik-tik-tik-tik-tak-tak.

Jetzt war es also so weit und ich überlegte, was wohl zu tun wäre, wie ich hier im Straßengraben liegend mit einem mit fünf Schuss geladenen Gewehr das Vaterland gegen eine aus allen Rohren schießende Panzerkolonne verteidigen sollte. An Ergeben war ja nicht zu denken, weil die Gegner auf alles schossen, was sich bewegte. Also was tun? Beim Sprung in den Straßengraben waren die alten Hasen, geübt in solchen Dingen, als Erste in Deckung gelangt. Die jeweils Nächsten warfen sich immer vor den anderen in den Graben. Das bedeutete, dass ich als der Jüngste ganz vorne lag. Der Allervorderste zur Verteidigung des Brückenkopfs Klingenberg. Ich schaute mich nach den anderen um und sah im Dunkeln die Achselklappen meines Leutnants nach rückwärts in der Dunkelheit verschwinden. Er robbte also im Graben zurück und unser Stabsfeldwebel und der Unteroffizier waren schon aus dem Graben herausgestiegen und die Straße Richtung Neckar zurückgelaufen. Wenn das so ist, dachte ich mir, jetzt auch nichts wie weg und ab.

Seitdem sind wir eigentlich nur noch abgehauen. Beim Zurückgehen verschoss ich die fünf Schuss aus meinem Gewehr, eigent-

Am 4. April drangen die feindlichen Truppen auch gegen Klingenberg und Nordheim vor. Von 6 Uhr abends bis zum anderen Morgen wurde Klingenberg beschossen, wodurch manche Brände entstanden und 20 Gebäude zerstört wurden. Die Kämpfe zogen sich von 8 Uhr abends bis gegen 4 Uhr morgens hin, dann erfolgte die Besetzung des Ortes am 5. April morgens durch die Franzosen. Die lange Dauer des Kampfes ist dem hartnäckigen Widerstand einer deutschen Kompanie des Ersatzbataillons 119 vom Wehrkreis V Stuttgart zu verdanken, die zum größten Teil aus jungen Rekruten, darunter 42 ROB (Offiziersanwärter) bestand. Der Feind hatte 11 amerikanische Panzer und marokkanische Infanterie zum Angriff eingesetzt.

Otto Rohn, Dietmar Rupp (Hrsg.): Beilstein in Geschichte und Gegenwart (1983).

lich mehr ziellos und wahllos in die Dunkelheit. Auszumachen war sowieso nichts. Der Standort unserer Gegner war nur am Krach und am Mündungsfeuer zu erkennen. Das Schloss war in Brand geraten, einige Häuser brannten und wir gingen langsam zurück zum Neckar und zum Neckarkanal. Dort hangelten wir über den schon gesprengten Neckarsteg hinüber nach Horkheim, wo wir uns wieder sammelten. Aber nicht als Helden, sondern als Entronnene, Davongekommene.

Der Sprung des Stabsfeldwebels Salat aus dem Straßengraben, der uns, der mich gerettet hat, erfolgte sicher zum allerletzten noch möglichen Zeitpunkt. Die vorrückenden Panzer beschossen im Stehen und Fahren an jeder Stelle die Straßenränder. Schon beim allerkleinsten Vorrücken in der Straßenbiegung hätten sie auch den Straßengraben beharkt, in dem wir lagen, in dem ich lag. Der Stabsfeldwebel Salat hat mir das Leben gerettet, war aber ab da auf Nimmerwiedersehen verschwunden. Ich habe ihn nie mehr getroffen.

Später haben wir erfahren, dass Klingenberg von französischen und marokkanischen Truppen, aber mit amerikanischen Panzern besetzt worden ist. Ich hatte mich also nicht getäuscht bei der Wahrnehmung französischer Rufe und Befehle. Zunächst hatte ich vermutet, es seien Kriegsgefangene, die die Amerikaner einwiesen und ihnen den Weg zeigten. Aber es waren reguläre französische Truppen. Für uns war das eine völlig neue Erkenntnis, denn wir wussten nur, dass ein französischer Oberst in Algerien eine französische Freiwilligentruppe aufgestellt hatte – so etwas gab es auch bei uns. Dagegen wussten wir nicht, dass de Gaulle – mit Unterstützung der Amerikaner – schon eine ganze Armee befehligte, die von Westen her anrückte.

Vorerst waren wir ein kleines Häuflein, das sich zusammenfand, mit einem Gefechtsstand in einem Horkheimer Keller. Ich wurde herumgeschickt, um weitere Versprengte einzusammeln, aber auch um festzustellen, wo wir waren, wo wir hingehörten und wo es Verpflegung gab. Dabei bemerkte ich, wie die strenge Hierarchie des Militärs sich lockerte. Der Abstand zwischen Offizier, Feldwebel, Unteroffizier, Gefreiten und Mannschaften verringerte sich und zumindest in unserem Umfeld wollte keiner mehr Ruhm und Orden erlangen. Alle wollten nur noch überleben. Der sture Kommissalltag war auf alle Fälle vorbei.

Riskiert wurde nichts mehr. So ist mir bei einem abendlichen Rundgang durch den Ort mit ein paar Unteroffizieren und älteren Soldaten aufgefallen, wie schnell die älteren Soldaten beim Heranrauschen einer Granate in irgendeinen Kellerschacht, in ein Loch oder eine Mulde verschwunden waren. Wir jungen ehemaligen Luftwaffenhelfer hatten Bombenabwurf und Flakfeuer immer am Geschütz stehend oder sitzend überstehen müssen und waren nicht gewohnt, bei jedem Einschlag sofort in Deckung zu springen, Ich habe aber schnell hinzugelernt.

Nachdem die Reste der Kompanie wieder versammelt waren, hat sie sich entlang des Neckars eingegraben. Unser Zuggefechtsstand kam in einen kleinen Bunker auf freiem Feld bei Horkheim, in Sichtweite zu Klingenberg. Der Bunker gehörte zur Neckar-Enz Stellung, die dem Westwall nachgelagert war. Allerdings war er klein, nicht sehr stabil, mit einer dünnen Betondecke. Für mich als Melder auf jeden Fall besser als ein enges Panzerdeckungsloch.

Bei Horkheim lag unser kleiner Bunker auf freiem Feld.

Unser Kompanieführer war ein Franke. Als er uns in unsere neue Stellung einwies, sagte er am Schluss: „Wann Infanterie kommt, schieß' mr. Wann Panzer kommen, geng' mr. Kinkel, haben's auch den Rückweg schon erkundet?"
Dies überließ der dann mir. Und so gab es für mich damit und auch mit allerhand anderen Erkundigungen und Botengängen, Heranschaffen und Verteilung von Verpflegung einiges zu tun. Ich durchstreifte allein zu Fuß und auf dem Fahrrad die nähere Umgebung, manchmal für Stunden mit einer leichten Ahnung von Ungebundensein.

Der kleine Bunker

Der kleine Bunker sollte nun für die nächsten Tage unser Zugbefehlsstand und Aufenthaltsort werden. Mit den Bunkern am Westwall, der Maginot-Linie oder am Atlantikwall, die man in der Wochenschau sah, hatte er nichts gemeinsam. Es war ein kleiner, viereckiger, betonierter Raum mit waagerechter Betondecke und erdüberdeckt. Der Eingang lag ein paar Schritte unterhalb der Erdoberfläche. Die Tür hatten wir mit einer Handgranate öffnen müssen, sodass man sie nachher nicht wieder schließen konnte. Aber das wollten wir auch gar nicht.
Der Bunker lag ein paar hundert Meter südlich des Horkheimer Ortsrandes und einige hundert Meter vom Neckar entfernt auf einer absolut ebenen Ackerfläche. Das linke Neckarufer war der Prallhang, eine leichte Überhöhung, auf der Klingenberg lag. Nach der anderen Seite, Richtung Osten, sah man auf die Weinberge, die flachen Berge im Hintergrund und das Hofgut Haigern. Dort war der Gefechtsstand dieser ominösen „Kampfgruppe Krebs", zu der wir inzwischen gehörten. Die Äcker wa-

ren fast alle bestellt, der Winterweizen zwanzig, dreißig Zentimeter hoch.
Was wir hier verteidigen sollten, war eigentlich nicht klar. Als wir von Stuttgart aus ins Feld zogen, befand sich der Gegner eindeutig im Norden. Der Kanonendonner, der Lärm, die Richtungsscheinwerfer, das Aufzucken des Granatfeuers – alles kam aus dem Norden. Die Amerikaner hatten ja bei Mannheim den Rhein überquert, also kamen unsere Gegner von Nordwesten auf uns zu. Und nun hatten die Franzosen Klingenberg besetzt. Man wusste daher nicht so recht, wer zuerst kommen würde: die Franzosen über den Neckar oder die Amerikaner von Norden. Jedenfalls waren die Panzerdeckungslöcher und MG-Stände alle entlang des Neckars in Richtung Klingenberg, also im Hinblick auf einen Angriff der Franzosen, gebaut worden. Und auch der Ausgang dieses kleinen Bunkers wies nach Osten. Demnach war auch er seinerzeit nach Westen, gegen die Franzosen, orientiert gewesen.
Nun war ich froh, dass ich als Melder mir nicht ein Panzerdeckungsloch graben musste, um darin den Tag zuzubringen. Ich hatte Bewegungsfreiheit. Allerdings lag unser Standort strategisch nicht günstig, denn er war von allen Seiten einzusehen. Und wenn wir irgendwann den Rückzug antreten würden, so war der nur über das freie Feld möglich. Außerdem wussten natürlich unsere Gegner genau, wo wir waren. Erstens konnten sie von Klingenberg herübersehen, zum andern zog fast pausenlos ein Aufklärungsflugzeug mit dunklem Gebrumm seine Kreise über uns. Direkt um uns herum war es, mit Ausnahme von gelegentlichen Artillerieeinschlägen, Artilleriestreufeuer oder auch Granatwerferfeuer, verhältnismäßig ruhig. Aber in der Ferne, aus Richtung Heilbronn, war pausenlos heftiges dumpfes Grollen zu hören. Dort scheint einiges los gewesen zu sein. Auch nachts ging dieser Geschützdonner pausenlos weiter. Die Amerikaner setzten Richtungsscheinwerfer ein, die allerdings nicht auf uns gerichtet waren, sondern eher nach Südosten. Es hieß, an der Jagst sei noch die SS und würde heftigen Widerstand leisten. Da es bei uns aber halbwegs ruhig war, konnten wir uns in Ruhe einrichten.
Gelegentlich bin ich nach vorne zu den Panzerdeckungslöchern, zu den eingegrabenen Soldaten gekommen, um ihnen Verpflegung zu bringen und mich umzusehen. Rudi Volz – der mit mir zusammen Rekrut, ROB und auch auf der Fahrschule in Tübingen war – erzählte bei einer solchen Gelegenheit einmal, auf der anderen Seite in Klingenberg hätten Frauen schrecklich geschrien, sie würden verfolgt von Schwarzen. Er meinte, wir müssten unbedingt etwas tun, nachts hinüber und Rabatz machen. Aber von solchen waghalsigen, nicht einmal befohlenen Unternehmungen wollte ich nichts wissen, und auch er hat es dann wohl bleiben lassen. Er war unser Scharfschütze mit einem Zielfernrohr.

Im Allgemeinen waren die amerikanischen Soldaten disziplinierter und begingen nicht so viele Ausschreitungen wie die ihnen nachfolgenden französischen Truppen. Diese vergingen sich auch öfters an Frauen und Mädchen. Aus den Orten des Heilbronnner Kreises, besonders aus dem Zabergäu, kamen viele Klagen über die Wildheit der Tunesier und Marokkaner.

Otto Rohn, Dietmar Rupp (Hrsg.): Beilstein in Geschichte und Gegenwart (1983).

Einmal hatte er auch mich im Visier. Die Geschichte hat er mir aber erst nach dem Krieg erzählt und sie auch in seine Kriegserinnerungen niedergeschrieben. Dort steht:

Wir bezogen wieder Stellung am Neckarkanal gegenüber Klingenberg. Eines Nachts hörten wir Geräusche hinter uns. Wir waren nervös, denn Senegalneger hatten einem unserer Posten die Gurgel (Kehle) durchgeschnitten. So entsicherten wir unsere Gewehre und zielten auf einen Schatten, der sich unserem Loch näherte. Plötzlich ruft es „S' gibt was zu fressen." Es war Hannes Luz, der damals Melder war.

Ich wurde auch weiter auf Erkundungsgänge geschickt. Obwohl wir inzwischen einige Lagen Stroh in den Bunker gebracht hatten, war es doch draußen in der Frühlingssonne allemal schöner und besser als in diesem Loch. In Horkheim und auf den Straßen herrschte eine merkwürdige Stimmung mit hin- und herfahrenden Kübelwagen, halbleer oder übervoll besetzt, mit Kradmeldern, hier und da einem klapprigen Leiterwagen, nur wenigen Zivilisten, die in Gruppen vor ihren Häusern standen, aber auch Einzelnen, die in ihren Gärten werkelten. Einmal passierte ich einen kleinen Hügel, auf dem eine ganze Gruppe hoher Offiziere wichtig herumstand. Darunter waren auch NS-Funktionäre, die aufgeregt und wichtigtuerisch gestikulierten wie die Feldherren vor einer großen Schlacht. Dabei wusste doch jeder, dass nicht mehr allzu viel zu retten war. Hier und da nahm ich mir ein Fahrrad, wenn ich gerade eins fand, fuhr ein Stück damit und stellte es wieder ab.

Ich war auch in unserem näheren Hinterland unterwegs, rund um das Schozachtal, zwischen Neckar und den Keuperbergen. Dort herrschte richtige Frühjahrsstimmung mit blühenden Obstbäumen und aufgehender Saat. Die Gegend war mir bis dahin völlig unbekannt gewesen. Wir waren nie hierher ins Unterland gekommen, in das so viel besungene Neckarunterland. Justinus Kerner und sein „Wohlauf, noch getrunken den funkelnden Wein" und die Schwäbische Dichterschule von ihm kannte aber jeder schwäbische Schüler.

Die Ferien haben wir immer in Hamburg verbracht, weil meine Mutter von dort kam und die Großeltern dort wohnten. Von Hamburg fuhren wir an die Nord- oder Ostsee. Schulausflüge machte man auf die Schwäbische Alb, zur Teck, auf den Neuffen, in die Nebelhöhle. Mit dem Jungvolk zogen wir für Geländespiele in den Schwarz- und Rotwildpark. Die Zeltlager mit dem Jungvolk waren im Donautal bei Beuron mit den steil aufragenden Kalkfelswänden.

Dagegen hier die flachen Wiesen, geneigte Hügel, die Schozach, im Hintergrund die ansteigenden Berge mit dem

Wanderung im Sachsenwald (um 1930). Der Kleinste bin ich. Daneben ein Bäsle aus Hamburg. Vordere Reihe von rechts: Großvater August Sieling, Großmutter Dora Sieling, mein Bruder, Tante Hertha, meine Mutter.

Auch als „Altpimpf" oft ein einsamer Wanderer – hier im Donautal.

Ich reise übers grüne Land,
Der Winter ist vergangen,
Hab um den Hals ein gülden Band,
Daran die Laute hangen.

Der Morgen tut ein'n roten Schein,
Den recht mein Herze spüret,
Da greif ich in die Saiten ein,
Der liebe Gott mich führet.

(Eichendorff, „Der wandernde Musikant")

Wein und oben, auf den Kuppen, Wälder. Aus der Schulzeit war mir der geologische Aufbau unseres Landes in Erinnerung: ein Schnitt durch Buntsandstein, Muschelkalk, Keuper und Jura. Und dies musste das Keuperland sein. Vielleicht stand auch noch ein bisschen Muschelkalk an, denn im Schozachtal gab es Steinbrüche.

War ich als Kind gefragt worden, was ich einmal werden wolle, habe ich meistens geantwortet: Wanderer. Die Romantiker mit Eichendorff, den Bildern von Caspar David Friedrich, den Liedern von Schubert und Schumann und den vielen anderen waren in dieser streng reglementierten Zeit mit Marschmusik, in Reih und Glied marschieren, Appellen und Aufmärschen für mich als kleine Flucht aus dem Alltag ein wichtiger Teil meiner Jugendzeit. Ich bin viel, manchmal schon morgens vor der Schule, von der Lerchenstraße, den Herdweg hinauf im Kräherwald herumgestreift.

Beim Herumstreifen und Wandern habe ich mich als halbwegs freier Mensch gefühlt. Was mich allerdings immer gestört hat, war das Schuhwerk. Wir hatten ja schon als Kinder diese seitlich zu schnürenden Haferlschuhe, die unheimlich hart waren. Ich habe einen schmalen Fuß und hatte fast immer Wasserblasen, manchmal sogar blutige. So war es auch im Schozachtal. Die Stiefel der deutschen Infanterie waren eine Katastrophe. Sie wurden nicht in Ruhe angemessen, sondern auf der Kleiderkammer ging es ruck Zuck. Passte nicht alles auf Anhieb, hieß es: „Hinaus, es passt!". Ich hatte keine Ersatzsocken. Mein Tornister war beim Tross in Klingenberg und dort wahrscheinlich verbrannt. Die harten Schuhe trübten mein bisschen Freude, stundenweise ein halbwegs freier Mann zu sein.

Dennoch fühlte ich mich, je weiter ich von der Stellung weg war, schon beinahe wie im Frieden. Ich hatte mich so leicht wie möglich gemacht, den Kragen offen, kein Stahlhelm, nur noch die Mütze. Den Gewehrlauf hielt ich immer nach unten oder wie die Jäger schräg nach unten mit aufgelegter Hand. Alles militärisch Exakte, Stramme hat sich langsam verflüchtigt. Die militärische Befehlshierarchie der unteren Ebene, der wir ja angehörten, hatte sich gelockert. Wie es weiter oben, bei den Stäben, war, wusste ich nicht. Aber allmählich hatte ich das Gefühl, dass die Jahre der Befehle und des Strammstehens vorübergingen. So erlebte ich das Frühjahr 1945 im lieblichen Neckartal bei blühenden Obstbäumen, Granateinschlägen und Jagdbombern. Aber ich war nicht mehr der Wanderer meiner Jugendtage, sondern Meldegänger der großdeutschen Wehrmacht und statt einer Laute am güldenen Band hatte ich den Karabiner 98K an einem Lederriemen an mir „hangen".

Am wohlsten war es mir im Schozachtal ober- und unterhalb von Talheim. Dort befand ich mich nicht mehr auf dem großen, leeren, freien Feld, auf dem unser Bunker lag, sondern in einem ein-

geschnittenen Tal mit Schlingen und Biegungen, begleitet von Obst- und Weingärten und baumbestandenen Wiesen. Hier war es auch belebter von noch Besorgungen oder Besuche machenden oder sich nur umschauenden Zivilisten.
Einmal kam ich beim „Rauhen Stich“ dazu, als mit allerhand Gedränge und Geschiebe ein Vorratslager geräumt wurde. Ich habe mich nicht daran beteiligt, ich wollte den Zivilisten nichts wegnehmen. Denn unsere Verpflegung war noch einigermaßen in Ordnung. Aber die stammte wahrscheinlich auch aus der Räumung von irgendwelchen Vorratslagern, denn ein paar Tage hintereinander bekamen wir nur Büchsen mit Schweinefleisch. Obendrauf lag eine dicke Schicht Fett und dann kam das Fleisch, das eigentlich zum Kochen bestimmt gewesen wäre. Wir aßen es mit Kommissbrot. Ich habe mich damals zu der unvorsichtigen Bemerkung hinreißen lassen, die ich nachher in der Gefangenschaft bitter bereut habe: „Jetzt kann ich aber wirklich kein Schweinefleisch mehr sehen.“
Aus meinen Träumen hat uns ein harter Schlag erbarmungslos in die Wirklichkeit zurückgeholt. Der Bunker war ja nicht nur Zugsgefechtsstand, sondern auch Ruheort für die Ablösung der in den Panzerdeckungslöchern eingegrabenen Soldaten. Die sollten einen Tag oder eine Nacht Ruhe haben, sich ausstrecken können und ungestört schlafen. Er war also ein Ablösungsstützpunkt im Kleinen. So lagen wir nachts Mann an Mann nebeneinander, als eines frühen Morgens, es war der 11. April, ein wahnsinniger Schlag die Stille zerriss. Eine Granate war unmittelbar vor der offenstehenden Türe eingeschlagen, ihre Splitter schossen durch den ganzen Raum.
Ich selber habe nichts abbekommen, aber der neben mir liegende Harald Förstner hatte einen Splitter im Bauch. Das erschien mir allerdings nicht so schlimm. Schlimmer zugerichtet waren die Liegenden direkt am Eingang. Unser Leutnant war übersät von winzig kleinen Splittern.
Den restlichen Tag konnten wir nicht viel unternehmen. Auf jeden, der sich rausgewagt hätte, wäre sofort geschossen worden. Ich habe mich unter der Tür stehend eine Zeit lang mit unserem Leutnant unterhalten und er hat mir alles Gute gewünscht. Er hoffte, jetzt alles hinter sich zu haben und in ein Lazarett zu kommen. Ich dagegen müsse diesen Krampf weiterhin mitmachen. Es war ein klarer, sonniger Frühlingsmorgen. Niedergekauert blickte man in Augenhöhe über die aufgehende Saat und im Hintergrund auf die Häuser des Gutshofs Haigern mit den sanft geschwungenen Hügeln.
Angesichts des knöchelhohen Weizens auf den Feldern, den man von drinnen in der Sonne sah, fragte ich mich, ob er wohl, und von wem, geerntet werden würde. In dieser Situation konnte man sich nicht recht vorstellen, dass vielleicht bis zum Sommer wieder halbwegs normale Verhältnisse herrschen würden. Die

Die Reste des kleinen Bunkers am Rand von Horkheim bei einem Treffen mit Kameraden im Jahr 1947.

Kriegsgefangenen und die Polen, alle, die den Bauersfrauen geholfen haben, würden nicht mehr da sein. Wo wohl die Bauern waren, in Russland, auf dem Rückzug oder in Gefangenschaft? Man saß zusammengekauert, wartete auf den nächsten Einschlag und dachte doch daran, dass vielleicht in zwei oder drei Monaten alles vorbei wäre und auf diesem Feld Erntewagen dem normalen Alltag nachgehen würden.
In der Nacht kam ein Sanitäter. Er hat die wichtigsten Verbände gemacht und die gehfähigen Verletzten hinauf zum Haigern mitgenommen. Harald mit seinem Bauchschuss blieb neben mir liegen und starb völlig unerwartet gegen Morgen.

Erkundung nach Schloss Liebenstein

Die Soldaten gingen wieder zurück in ihre Panzerdeckungslöcher und auch der Zugtrupp, der nur noch aus Paule Kinkel und mir bestand, verließ den Bunker. In dieses Loch wollten wir nicht mehr hinein. Was wir tun sollten, wussten wir nicht. Wir hatten ja keinen Leutnant mehr. Also haben wir den Kompanieführer gesucht und uns bei ihm eine Zeit lang aufgehalten. Dort geschah etwas, das ich noch heute kaum begreife: Ich wurde weggeschickt zu einem Erkundungsgang und sollte zum Divisionsgefechtsstand, der angeblich auf Schloss Liebenstein war. Im Nachhinein fragt man sich, wie ein Kompanieführer dazu kommt, einen Gefreiten zum Divisionsgefechtsstand zu schicken. Vielleicht wollte er über die größere Lage Bescheid wissen oder über eine mögliche Absetzbewegung. Eigentlich gehen solche Informationen über den Dienstweg. Aber keiner kannte den nächsten Vorgesetzten. Wir waren Teil der „Kampfgruppe Krebs", von der aber niemand je etwas gesehen hatte. Der Kompanieführer kannte jemanden bei der Division, mit dem ich Verbindung aufnehmen sollte.
Ich war jedenfalls froh für den Auftrag, auch um von diesem traurigen Ort wegzukommen. Die größere Lage war wohl so: Heilbronn ist nicht übergeben und auch nicht besetzt, sondern verteidigt worden. Es war von einem Kreisleiter die Rede, einem sehr harten Hund, und die Franzosen waren noch nicht so weit, um über den Neckar zu setzen. Vielleicht hatte man sie auch darauf verwiesen, dass am Neckar ihre Demarkationslinie sein würde. Wir waren deshalb einige Zeit ohne direkte „Feindberührung". Inzwischen hatte sich aber herumgesprochen, dass Heilbronn nun eingenommen sei. Man musste jederzeit damit rechnen, dass die Amerikaner weiter vorrückten. Der Gefechtslärm kam immer näher.

So wanderte ich befreit nach Süden. Erst durch das mir vertraute, anmutige Schozachtal, entlang der Straße, dann über Feldwege und Felder querfeldein Richtung Schloss Liebenstein. Ich hatte, noch vom Jungvolk, eine Karte im Maßstab 1:100 000. Ich lebe ja nie ohne Landkarte; im Orientierungslauf nach Kompass und Karte war ich immer gut.

Schloß Liebenstein oberhalb von Neckarwestheim. Eines der wenigen erhalten gebliebenen Renaissanceschlösser in Württemberg.

Was für ein Schloss in Liebenstein sein würde, konnte ich mir natürlich nicht so recht denken. Man hat in verschiedenen Wochenschauen, als es noch Sieg und Vormarsch gab, hier und da General- und Divisionsstäbe in Frankreich in schönen Barockschlössern gesehen. Kleine Paläste, vor denen Autos auffuhren, Wachenstramm standen und wo ein großes Leben geführt wurde. Aber ein Barockschloss konnte es ja wohl nicht sein im schwäbischen Unterland, vielleicht eher eine Burg. In Klingenberg bezeichnete man das große, über den Ort hinausragende Gebäude ja auch als „Schloss“.

Auf einmal war es da, am Rand eines Höhenrückens: weder Schloss noch Burg – ein Zwischending. Ein stattliches Gebäude mit einem kleinen runden Turm, ein viereckiger Turm und allerhand Wirtschaftsgebäude. Damals kam mir alles unwirklich vor, fast wie im Märchen. Nach all dem, was hinter uns lag, die Riesenbrände in Stuttgart und überall Trümmer, Ruinen, Rauch, Feuer, Schutt und Asche, sah ich nun eine intakte Schlossanlage.

Die Häuser waren früher vermutlich weiß gestrichen und auch jetzt schienen sie – im Vergleich zu den Bildern der vergangenen Wochen und Monate – noch weiß zu leuchten. Weit weg von Panzern und Granatwerfern wirkten sie als friedliches Bild. Aber als ich ankam, fand ich weit und breit keinen Menschen. Es herrschte völlige Stille und in den Häusern ein heilloses Durcheinander. So sehen Orte aus, die plötzlich verlassen werden. Gerümpel, Abfall, Gläser, Geschirr, umgestürzte Stühle, Teller, leere Wein- und Schnapsflaschen, Papier, Aktendeckel und so weiter. Der Divisionsgefechtsstand mit seinem ganzen Tross war abgezogen, demnach rückte die Front näher. Also doch kein Friede und auch hier Spuren des Kriegs.

Im Feld zwischen den Zeiten

So machte ich mich auf den Rückweg. Aber schon bei meiner Annäherung an Liebenstein war mir ein kegelförmiger Berg, gleich in der Nachbarschaft, aufgefallen. Ich hielt ihn für den Wunnenstein, dessen *gleißend Wolf* in den Balladen Uhlands immer wieder vorkommt. Ich nahm mir vor, ihn näher anzusehen, und marschierte auf dem Höhenrücken Richtung Pfahlhof, mutterseelenallein, weit und breit kein Mensch, kein Auto, kein Kradmelder, nichts mehr. Nur in der Ferne, so ganz in der Ferne Kanonendonner und hier und da der lästige Aufklärungsflieger. Jetzt fühlte ich mich fast ein bisschen frei, zumindest war jeder Zwang der letzten Jahre, fast eines Jahrzehnts, hinter mir. Kein Dienstplan mehr, kein „Bitte-Herrn-Unteroffizier-vorbeigehen-zu-dürfen", Vorbeigehen in gerader Haltung und Arschbacken zusammenklemmen, sodass ein Fünfmarkstück die Prägung verliert.
Jetzt hatte ich langsam das Gefühl, der Krieg gehe zu Ende und machte mir Gedanken über den Frieden. Allerdings waren auch die nicht ganz unbelastet, denn ich hatte von nun an ganz selbständig für mich zu sorgen. Meine Mutter und Großmutter waren ja vor fünf Wochen ums Leben gekommen, mein Bruder gefallen, ich also, wenn dann endlich Frieden sein würde, allein und auf mich selbst gestellt.
Meine romantischen Träumereien und Friedensgefühle wurden schnell wieder von der Wirklichkeit eingeholt, denn am Straßenrand, halb im Graben, lag ein Stahlhelm, an dem noch ein Stück Gehirn klebte. Also war hier erst vor Kurzem ein Mensch, vielleicht in meinem Alter, ums Leben gekommen. Und möglicherweise waren es sogar mehrere, die bei einem der vielen Tieffliegerangriffe erschossen worden waren. Bald überquerte ich eine Autobahnbrücke. Die Autobahn war für mich noch etwas ganz Besonderes und Anlass für eine wehmütige Erinnerung: Ich dachte an eine schöne Fahrt darauf. Wir selbst besaßen kein Auto, aber unser Onkel Hermann vom Lichthaus Luz hatte eines und auch meine Patentante Elise mit dem Malergeschäft. Deren Schwiegersohn lud einmal meine Mutter und mich zu einer Fahrt mit ihrem DKW ein. Es ging vorbei an Ulm, wo ich in der Ferne den Turm des Münsters sehen konnte, vorbei an Augsburg mit den kupfergrünen Dächern, um München herum, danach weiter Richtung Salzburg. An der Mangfallbrücke wurde angehalten, wir fuhren in die Berge und gegen Abend waren wir in Innsbruck am Goldenen Dachl. Bei Nacht ging es wieder heim über den Fernpass. Ein einmaliges Erlebnis für mich kleinen Bub.
Gleich neben der Autobahn liegt der Wunnenstein und ich traf auf eine kleine Ortschaft namens Winzershausen. Am Ortsrand saß ein Mann vor seinem Haus im Garten – *vor seiner Hütte ruhig im Schatten sitzt der Pflüger*. Ich sprach ihn an: „Das ist doch der Wunnenstein, dort? War dort der Wolf von Wunnenstein, der

gleißende Wolf?" – „Ha ja. Des woisch du?", hat er geantwortet. So sind wir uns gleich nähergekommen. Denn dass ich ein Schwabe bin, das konnte er hören. Und dass ich Wolf von Wunnenstein kannte, gab ein bisschen Vertrauen. Er sagte: „Ha, du bisch no a rechter Soldad, komm du griegsch a Virdelle Wein. Was densch, was bei ons in ledschder Zeid alles vorbeikomma isch." Tatsächlich schob die zurückgehende Front eine ungeheure Trosswalze vor sich her. Sie ist ein Riesenapparat, der sich in der Regel diszipliniert und geordnet verhält. In der Auflösung aber entsteht ein Durcheinander, vor allem werden die kämpfenden Truppen, die zu Hunderten und Tausenden in Gefangenschaft kommen, immer kleiner. Aber der Trosshaufen bleibt und schleppt sich gleich groß kreuz und quer durchs Land.

Und so saß ich ein paar Stunden nach dem Granatwerfereinschlag, bei dem neben mir einer meiner Kameraden ums Leben gekommen war, ruhig und friedlich in einer Laube in einem Winzershäuser Garten bei einem Viertele gutem Trollinger und redete mit einem älteren Wengerter über alles,was so war und ist. Der Wengerter erzählte mir, dass Roosevelt gestorben sei. Wir waren der Meinung, am Ausgang des Krieges würde das nicht mehr viel ändern können. Dabei wurde mir klar, wie eng und begrenzt mein Gesichtskreis in den letzten Tagen und Wochen geworden war. Von dem, was in der Welt geschah, habe ich überhaupt nichts erfahren. Es hat mich eigentlich auch nicht interessiert, da ich mit dem Tagtäglichen so sehr beschäftigt und eingespannt war. Ich war nur darauf bedacht gewesen, die nächsten Stunden und Tage zu überstehen.

Der Wengerter hat mir auch sonst so manches erzählt. Etwa vom Ortsgruppenleiter und dass sie in Heilbronn einen fanatischen Kreisleiter hätten, der jedes Dorf seines Kreises in eine Festung verwandeln wollte. Da wurde mir allmählich klar, in welch spannendem Feld ich mich aufhielt, denn er meinte auch, dass jetzt bald alles anders würde, dass eine andere Zeit komme. Und diese andere Zeit war ein paar hundert Meter oder höchstens wenige Kilometer von hier entfernt. Hier war noch das Alte, der Führerstaat mit dem Kreisleiter und militärischem Zwang. Aber dort, hinter der anrückenden Truppe, könnte vielleicht etwas anderes, möglicherweise etwas Freieres sein. Vielleicht würden wir auch zeitlebens als Unterdrückte und Sklaven leben müssen, aber ich verstand: So wie es war, wird es nicht bleiben. Alles, woraufhin man uns gedrillt und erzogen hatte, war für die Katz. Unnötig und unbrauchbar für die neue Zeit, die nur einige Kilometer entfernt stand. Langsam dämmerte mir, dass hier mehr geschah als nur Gefechte zwischen der „Kampfgruppe Krebs" und der 100. amerikanischen Infanteriedivision. Vielmehr lösten sich zwei Zeiten und zwei Welten ab.

Und ich befand mich im Feld zwischen den Zeiten und konnte als Meldegänger einen Hauch von Freiheit genießen. Nach dem jahrelangen Zwang von Befehl und Gehorsam hätte dieser Zustand meinetwegen noch ein wenig anhalten können. Dann allerdings nicht in einer „Kampfgruppe Krebs“, sondern vielleicht so wie der Räuberhauptmann Moor in den böhmischen hier in den schwäbischen Wäldern. Und dessen Haufen singt: *Ein freies Leben führen wir, ein Leben voller Wonne.*

Aber das waren kurze Momente, die Wirklichkeit hatte mich schnell wieder. Schon am Tisch mit meinem Wengerter, beim Wein, sprach man natürlich auch vom Nächstliegenden. Für ihn, wie für die Zivilbevölkerung überhaupt, war das der Wunsch nach Frieden, der nun nicht mehr allzu weit entfernt schien, und die Hoffnung, dass möglichst nicht noch Brand und Verwüstung über das Dorf komme, wenn die Kriegsmaschinerie näherrückt. Das war die große Sorge aller Leute, wenn man mit ihnen sprach: die letzten Kriegstage unbeschadet zu überstehen.

Und für mich war das Nächstliegende nur Verwundung, Tod oder Gefangenschaft. An Desertieren oder Untertauchen dachte ich nicht. Und so stand ich am Abend wieder auf dem Acker bei Horkheim.

Aber beim Zurücktrotten kamen meine Gedanken nicht so schnell zur Ruhe, sie waren immer wieder bei dem Gespräch mit dem Wengerter und beim Uhland und seinen Balladen, bei den Schlachten und Kämpfen von unserem Graf Eberhard und dem gleißenden Wolf, Damals ging es auch nicht friedlich zu, sondern bei den Schlachten in Reutlingen und Döffingen und wo auch immer recht hart und blutig. Und beim Kaiser Rotbart lobesam soll der wackere Schwabe auf einem Kreuzzug mit seinem Schwert einen Türken bis auf den Sattelknopf durchgehauen haben. Ein wackerer Schwabe wollte ich nicht mehr werden.

Und bei dem Bild der beiden in der Laube sitzenden und über Krieg und Frieden redenden Weintrinker fielen mir die Bürger beim Osterspaziergang im Faust ein, auf deren Sätze hatte uns unser Deutschlehrer als den Inbegriff von Spießbürgern in einer Deutschstunde im Kriegsalltag einmal direkt aufmerksam gemacht:

Nichts Bessers weiß ich mir an Sonn- und Feiertagen | Als ein Gespräch von Krieg und Kriegsgeschrei | Wenn hinten, weit, in der Türkei | Die Völker aufeinander schlagen ...

Dann war ich selber wieder mittendrin, dort, „wo die Völker aufeinander schlagen.“

Angriff und Rückzug

Den Bunker haben wir nicht mehr betreten, wir haben in der Nähe im Freien übernachtet. Am nächsten Tag, es war der 13. April, deutete sich an, dass es mit der Ruhe vorbei sein könnte. Es hatte sich herumgesprochen, dass Heilbronn inzwischen gefallen war und die Amerikaner ihren Vormarsch fortsetzen würden. Wie mir die fronterfahrenen Soldaten erzählt hatten, beginnt ein solcher Vormarsch mit massivem Artilleriefeuer. Das setzte am späten Vormittag ein. Nach den ersten Salven suchte natürlich jeder Deckung. Diejenigen, die sich in meiner Nähe aufhielten – es waren andere als meine bisherigen Bunkergenossen – rannten schnell zur offenstehenden Tür unseres Unglücksbunkers. Und ich, unbedacht wie ich war, rannte hinterher.
Jetzt saß ich mit vier oder fünf anderen wieder in dieser Mausefalle. Was dann kam, gehört zu meinen schlimmsten Erinnerungen. Bei den Bombenangriffen, die ich erlebt habe, hört man, mal weiter entfernt, mal näher dran, die Einschläge. Das ist natürlich schlimm, aber die Flieger entfernen sich wieder – der Zeitraum der Bedrohung ist kurz. Dagegen weiß man bei der Artillerie genau, dass sie sich langsam aber sicher auf ihr Ziel einrichtet. Meistens schießt erst ein Geschütz, um sich einzuschießen, danach folgt die ganze Batterie. Man hört den Abschuss und den Einschlag, und je kürzer der Abstand zwischen beiden, desto näher liegt der Einschlag. Tatsächlich kamen die Einschläge immer näher, sodass wir befürchteten, die Artillerie schieße sich auf unser Mauseloch ein. Es war sicherlich gut zu beobachten – inzwischen liefen auch viele Trampelpfade darauf zu. Nach jedem Abschuss, den man hört, denkt man: Der Nächste trifft. Ganz schlimm ist es, wenn Blindgänger in den Boden zischen.
Unter den Fünfen im Bunker war einer, den ich gar nicht kannte. Der war offensichtlich ein abgebrühter Landser und machte hämische Witze. Etwa: „Bald ist Mittag, jetzt könnte doch der Johnny mal Mittag essen. Vielleicht ruft ihn einer, komm, jetzt gibt's was Gutes, wir hören auf zu schießen." Ich war dagegen so aufgeregt, dass ich eine Zigarette rauchte, um mich zu beruhigen, und eine zweite direkt an der ersten anzündete. Es war das einzige Mal in meinem Leben, dass ich zwei Zigaretten hintereinander rauchte. Ich habe dann hier und da noch eine geraucht, aber in der Gefangenschaft völlig aufgehört. Es hat mir nie geschmeckt und ich habe nie das Bedürfnis danach gehabt, außer im Bunker zwischen Artillerieabschuss und Einschlag und der Erwartung des nächsten Einschlags.
Schließlich hat das Artilleriefeuer doch aufgehört. Wohl kaum, weil es Mittagessen gab, sondern weil jetzt die Bereitstellung von Panzern und Infanterie für den Angriff begann und natürlich die

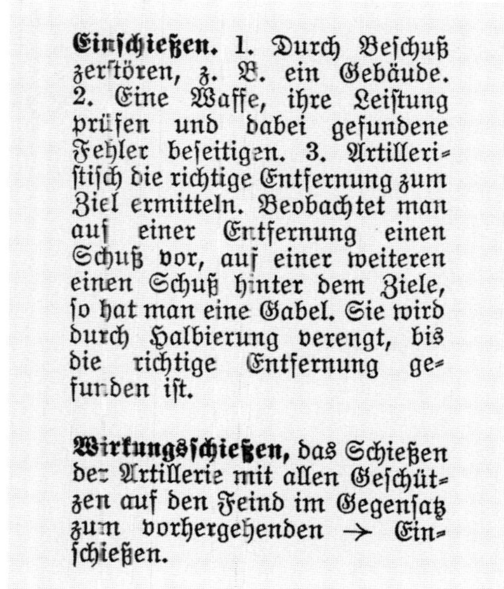
Einschießen. 1. Durch Beschuß zerstören, z. B. ein Gebäude. 2. Eine Waffe, ihre Leistung prüfen und dabei gefundene Fehler beseitigen. 3. Artilleristisch die richtige Entfernung zum Ziel ermitteln. Beobachtet man auf einer Entfernung einen Schuß vor, auf einer weiteren einen Schuß hinter dem Ziele, so hat man eine Gabel. Sie wird durch Halbierung verengt, bis die richtige Entfernung gefunden ist.

Wirkungsschießen, das Schießen der Artillerie mit allen Geschützen auf den Feind im Gegensatz zum vorhergehenden → Einschießen.

„Einschießen" und „Wirkungsschießen" aus dem „Militärischen Wörterbuch"

eigenen Truppen nicht gefährdet werden sollten. Wir verließen den Bunker und tatsächlich sahen wir aus Horkheim in einer breiten Front Panzer mit aufgesessener Infanterie herausfahren. Die Infanterie saß ab und ging zu Fuß weiter, der Angriff auf uns paar Hansel ging also los.

Eine nennenswerte Strategie hatten wir nicht. Wir konnten nicht agieren, allenfalls reagieren. Wir waren keine geschlossene Einheit. Ich kannte eigentlich nur unseren Kompanieführer, den Paule Kinkel – inzwischen inoffiziell Zugführer – und die wenigen Reserveoffiziersgefreiten, die schon als Rekruten und auf dem ROB-Lehrgang beieinander waren. Sie saßen vorne in ihren selbst gegrabenen Stellungen, eher mit Blick auf den Neckar als gegen die angreifenden Amerikaner.

Die schossen nun aus allen Rohren, sodass jeder in Deckung ging. Ich lag in einer Ackerfurche, neben mir waren noch ein paar Bäume. Ein bisschen weiter weg lagen die anderen. Jetzt sah ich zum ersten Mal leibhaftig amerikanische Soldaten. Wir hatten ja in den Wochenschauen und im Film immer nur vorstürmende deutsche Soldaten gesehen, die Gegner kannten wir nur als von Kampf und Entbehrung mitgenommene Kriegsgefangene. Die Infanteristen verteilten sich, gingen in Stellung. Manche sah man laufen, manche schon liegen. Sie wirkten wie die Pappkameraden auf dem Truppenübungsplatz, auf die man scharf geschossen hatte und die umfielen, wenn man traf. Ich habe gewohnheitsmäßig mein Gewehr in Anschlag gebracht – gelernt ist gelernt. Das haben wir hundertfach geübt, erst vormilitärisch und dann militärisch in allen Varianten, aber immer unter Befehl und Druck und Kommandogeschrei. Jetzt war es zum ersten Mal echt und kein Kommando weit und breit. Jeder war sich selbst überlassen. Ein ungeheurer Krach, Granatfeuer, Panzergranatfeuer, MG-Gewehrfeuer, Abschuss, Einschlag, alles durcheinander, Gezische und Granateinschläge mit dem eigenartigen Surren umherschwirrender Granatsplitter. Neben mir in den Bäumen splitterte das Holz.

Die Amerikaner rückten langsam vor, schulmäßig, wie auch sie das gelernt hatten. Stückweise die Panzer, die Infanteristen auseinandergezogen, einzeln oder gruppenweise, immer wieder etwas wei-

Die Amerikaner rücken vor, langsam, aber unaufhaltsam. Ihre Infanterie beim Vormarsch (oben); amerikanischer Spähtrupp (unten).

ter vorspringend und sich wieder hinlegend. Und pausenlos wurde geschossen. Was tun, Gefreiter Luz? Hannes nannten mich meine Kumpel. Sollte ich mir einen Amerikaner aufs Korn nehmen, würde ich überhaupt treffen auf diese große Entfernung? Ich hätte sie ja, wenn es nach Goebbels gegangen wäre, hassen müssen und pausenlos auf sie schießen. Vor fünf Wochen war meine Mutter bei einem Fliegerangriff ums Leben gekommen, eigentlich, als der Krieg schon längst entschieden war, wurden, beinahe wahllos, auf Stuttgart noch Sprengbomben geworfen. Mir schossen in Sekundenbruchteilen Bilder und Gedanken durch den Kopf. Da war meine Mutter mit ihrer unendlichen Trauer, als die Nachricht kam, ihr Sohn Karl sei in Russland gefallen. Da waren die beiden Amerikaner, die in den Ferien bei uns waren, der eine hatte sich die Hosen abgeschnitten. Und da war der Gedanke, dass vielleicht einer aus Chicago käme und seine Mutter trauern würde, wenn ich jetzt kurz vor Kriegsende auf ihn schießen und ihn gar treffen würde. Ich setzte mein Gewehr ab, schaute mich um und sah, wie schon einige sich nach rückwärts auf den Weg machten. Ich erinnerte mich an den Spruch des Kompanieführers: „Haben Sie schon den Rückweg erkundet?“ Und ich sah Paule Kinkel und lief ihm nach.

Wir hatten Glück, dass die Amerikaner über das Feld nur langsam vorrückten. Neben uns auf der Straße Richtung Talheim waren sie schon viel weiter vorgedrungen, beinahe bis an den Ortsrand von Talheim. So hatten wir ein bisschen Luft, über dieses freie Feld nach rückwärts zu rennen. Um uns herum herrschte für meine Begriffe das reinste Inferno – für altgediente Soldaten, in Russland erprobt, war die Lage sicher nichts Besonderes. Aber ich war zum ersten Mal bei einem Infanteriegefecht auf freiem Feld, sollte schießen und wurde beschossen und hörte einschlagende Granaten, das Geräusch der Panzer. Einmal schlug eine zerrissene Hochspannungsleitung mit mächtigem Pfeifen und Surren unmittelbar neben mir auf den Boden, allein das wäre normalerweise schon ein schlimmes Ereignis.

Wenn ich heute darüber nachdenke, kommt es mir vor, als hätte ich mich wie ein Traumwandler, halb in Trance, durch eine Feuer speiende Landschaft bewegt. Ich sehe dann immer Tamino aus der Zauberflöte, wie er bei seiner Prüfung durch „des Todes düstere Nacht“ wandelt.

Die Szene war im Theater dramatisch dargestellt: Überall hat es aus den Pappkulissen gebrannt und gezischt, aber Tamino wandelte mit seiner Flöte in aller Ruhe durch die Kulissen. Am Ende tauchte er unbeschadet aus Höllenlärm und Höllenkrach und Höllenfeuer auf, munter auf seiner Flöte pfeifend mit seiner Tamina im Arm. Dagegen ich, ohne Flöte und ohne Tamina, nur mit dem Gewehr über der Schulter, aber dem Feuerzauber entronnen.

Beim Rückzug in Richtung Neckarwestheim gelangten wir an den Lauffener Landturm, wo wir die Nacht verbrachten. Dieser Turm gehört zum altwürttembergischen Landgraben, der vor etwa 500 Jahren als Grenzlinie zwischen der spätmittelalterlichen Grafschaft Württemberg zur Freien Reichsstadt Heilbronn sowie der Kurpfalz hin angelegt wurde.

Am 14. April 1945 ist aus dem Operations Report A No 338 der Fiftieth Fighter Group folgender Eintrag zu entnehmen:
„AO-6 eine Staffel der Gruppe startete am 14. April 1945 um 10.51 Uhr von A-96 zum Angriff. Staffelkapitän Leutnant Burns. 12 Maschinen starteten und führten Angriff aus. Auf Truppenansammlungen in Ilsfeld wurden 8 x 260 lbs Splitterbomben und 10 x M.17 Brandbombenbehälter abgeworfen, 30 Gebäude zerstört und beschädigt. Keine Flak. Landung A-96, 13.10 Uhr."
... Nach diesem Angriff waren in Ilsfeld sechs Tote zu beklagen.

Aus „Ilsfeld in Geschichte und Gegenwart", 1989 Gemeinde Ilsfeld.

Inzwischen zeigte der Gewehrlauf wieder nach unten und wir setzten uns an Talheim vorbei ab. Dort wurde noch heftig gekämpft, es hat auch gebrannt. Wir gingen Richtung Neckarwestheim zurück bis zum Landturm. Das ist der Überrest einer mittelalterlichen schwäbischen Befestigungslinie. Dort haben wir uns für die langsam hereinkommende Nacht niedergelassen. Müde und hungrig, aber doch froh, wieder einmal davongekommen zu sein. Wir, das waren der Unteroffizier Paule Kinkel, vier oder fünf ROB-Gefreite und noch ein paar andere. An nachkommende Verpflegung war natürlich nicht zu denken, aber jeder hat noch etwas im Brotbeutel gehabt – ein bisschen Kommissbrot und Kunsthonig und vielleicht ein bisschen Schweinefleisch. Außerdem hat Paule Kinkel ein paar von uns fortgeschickt, die versuchen sollten, bei den Bauern in Neckarwestheim etwas aufzutreiben. Die kamen auch nachher mit Brot und Marmelade. Einer erzählte von einer Bauersfrau, die ihm gesagt hat: „Ich han da ganza Keller voller Kuacha, aber den grigat net ihr, sondern den grigat die, wo nach euch kommed."
Nachdem wir die Front auf unserem Rückmarsch um ein paar hundert Meter überholt hatten, stellte sich am nächsten Morgen die Frage, ob wir wieder vor, an die Front, oder weiter zurückgehen sollten. Die Entscheidung fiel zugunsten des Rückzuges Richtung Ilsfeld. Dort gerieten wir gleich in einen jener Jagdbomberangriffe, die zu dieser Zeit überall stattgefunden haben. Die Amerikaner haben mit tief fliegenden Jagdbombern völlig wahllos Ortschaften angegriffen und auch Personen, die sich auf dem Feld bewegten, beschossen. So auch in Ilsfeld, wo einige Höfe, Scheuern und Ställe nach kurzer Zeit gebrannt haben. Wir haben mitgeholfen, das Vieh aus den Ställen zu ziehen. Auch ich habe Kühe und Schweine gepackt und ins Freie gezerrt. Wir sind aber bald weiter gezogen. Für die Ilsfelder war das sicher ein schlimmer Angriff und eine ziemliche Überraschung. Vielleicht erlebten sie zum ersten Mal richtiges Kriegsgeschehen. Für uns, die wir all diese Angriffe auf Stuttgart hautnah miterlebt haben, die Massen an Trümmern und die Brände, war es nicht allzu aufregend.
Wir zogen weiter nach Neckarwestheim, wo eine „Frontleit-" oder Sammelstelle sein sollte. Wir haben uns dort gemeldet, und die Erinnerung daran hockt mir auch heute noch im Magen. Es tauchten plötzlich zwei „Kettenhunde" auf, also die Feldgendarmerie. Sie wollten streng und präzise wissen, was wir wo, wie und warum gemacht hätten und warum wir nicht vorne bei der kämpfenden Truppe seien. Wobei wir ja im Grunde nur ein paar hundert Meter hinter der Front waren. Das heißt, genau genommen waren es inzwischen schon vier oder fünf Kilometer, die wir von Talheim, wo noch gekämpft wurde, weg waren. Uns war natürlich mulmig zumute. Die Frage war,

ob sie unseren Rückzug als unerlaubte Entfernung von der Truppe ansahen, was nicht ungefährlich war, oder eben als Versprengtsein, was sie uns schließlich abnahmen. Paule Kinkel hatte das EK 1, war fronterfahren und konnte behaupten, dass eigentlich die ganze Kompanie mehr oder weniger versprengt sei und sich erst wieder sammeln müsse. Und so bekamen wir einen Marschbefehl und zwar nach Beilstein, wo wir uns möglichst bald melden sollten.
Wir waren inzwischen ein ganz nettes Häuflein, alles ROB-Gefreite, mit unserem Unteroffizier Paule Kinkel. Unterwegs hatten wir einige andere von unserer alten Einheit aufgelesen, die froh waren, mit uns ziehen zu können. Zwar gab es einen Marschbefehl, aber unser Vorankommen war alles andere als ein Marsch: Von preußischer Ordnung und Disziplin war nicht mehr die Rede. Wir zogen vielmehr als lässiger Kriegerhaufen durchs Land, das Gewehr umgehängt, den Gewehrlauf nach unten. Wie beim Sonntagsausflug wanderten wir auseinandergezogen in Trüpplein. Also war dies wieder ein Tag zum Träumen, und der kleine Hauch von Freiheit wehte mich wieder für wenige Stunden an. Gelegentlich wurde das Träumen durch – nicht allzu fernes – Artilleriefeuer unterbrochen.
Gleich nach Neckarwestheim gingen wir durch ein Tälchen unterhalb des mir vertrauten Schlosses Liebenstein. Ein Anlass, sich weit entfernt vom Krieg zu fühlen. Wir haben uns dort niedergelassen für eine kurze Rast. Dort ist ein Hase aufgetaucht. Einige haben gleich wie wild nach ihm geschossen, aber mit Gewehrkugeln einen Hasen zu treffen ist ziemlich aussichtslos, was Paule Kinkel ziemlich erboste. Das Häslein bekam noch eine Überlebenschance. Ich fühlte mich an das Horkheimer Feld erinnert, wo wir, wie die Hasen vor dem Jäger, Haken schlagend entkommen sind.
Beim Sitzen hab ich in meiner Tasche gekruschtelt und entdeckt, dass ich noch einen Schlüsselbund mit meinem Hausschlüssel besaß. Ich hatte das Haus ja inzwischen geerbt – was für eine abstruse Situation, die Vereidigung meines Onkels Ernst als Vormund an einem klapprigen Tisch in der Urbanstraße, wo ich als Erbe eingesetzt worden bin. Weil das Haus ja zur Hälfte kaputt war – hinten stand es so weit offen, dass man in Vierer- oder Siebenerreihen hätte hineinmarschieren können – sah ich keinen Sinn mehr darin, den Hausschlüssel weiter mit mir herumzutragen. Wozu nützt der Schlüssel eines Hauses, das man vielleicht gar nicht mehr oder erst in langer Zeit wieder sieht und das sicher kein Mensch abschließen wird. Also bin ich hergegangen und habe dort meinen Schlüsselbund in der Erde vergraben.
Und so erinnert mich dieses Schloss Liebenstein, das heute ein Luxushotel ist, nicht nur an das kriegerische und immer wieder romantische Frühjahr im Neckartal, sondern auch an einen ver-

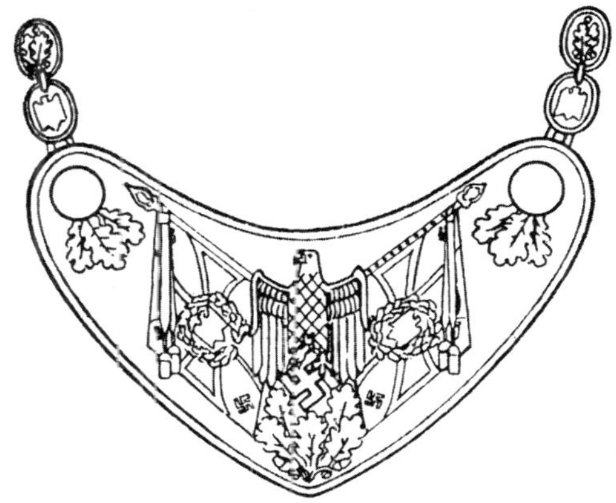

Ringkragen für Fahnenträger

Feldgendarmen, Gendarmen oder Unteroffiziere, denen die Ausübung der Feldpolizei übertragen ist, kenntlich an einem Ringkragen mit Nummer (an einer Kette um den Hals getragen). Feldgendarmerietrupps befinden sich bei den oberen Kommandobehörden. Zu ihrem Dienst gehört u. a. die Überwachung der Zivilbevölkerung, die Sammlung und Zurechtweisung Versprengter, die Regelung des Verkehrs, die Verhinderung von Plünderung und Fahnenflucht. Nur Generale und Stabsoffiziere dürfen F. Befehle erteilen, alle anderen haben deren Anordnungen Folge zu leisten, Unteroffziere und Mannschaften ihren Weisungen zu gehorchen.

Auch die Feldgendarmen trugen Ringkragen an einer Kette, weswegen man sie „Kettenhunde" nannte. Abbildung und Stichwort „Feldgendarmerie" aus dem „Militärischen Wörterbuch".

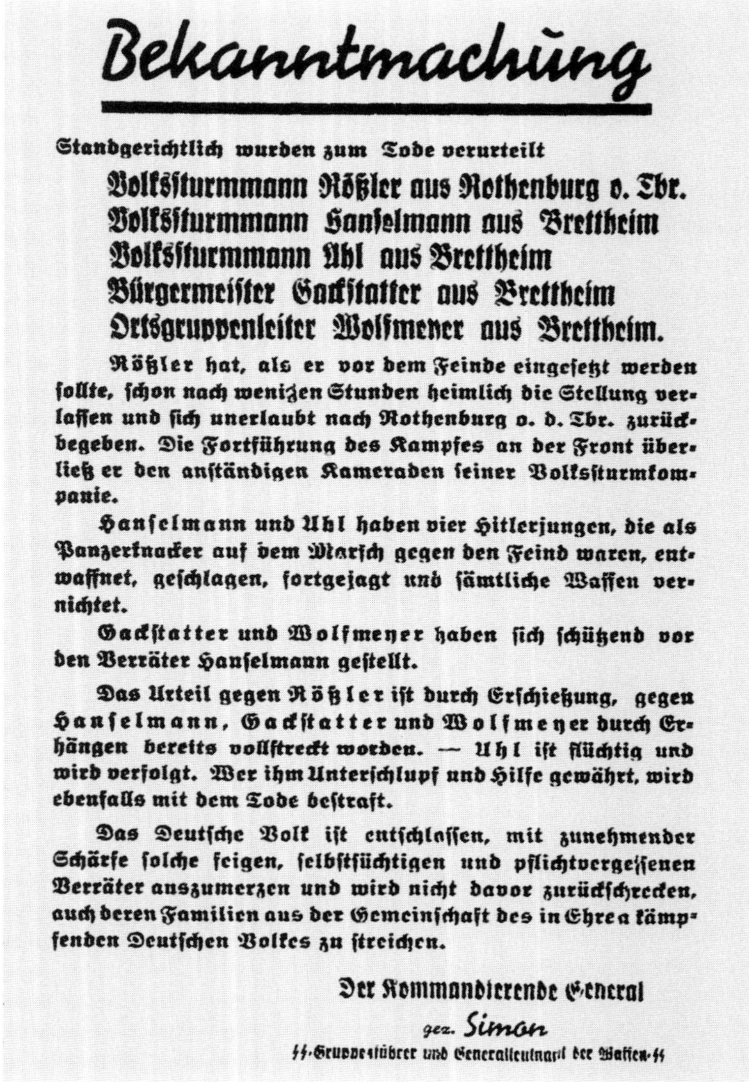

Bekanntmachung

Standgerichtlich wurden zum Tode verurteilt

Volkssturmmann Rößler aus Rothenburg o. Tbr.
Volkssturmmann Hanselmann aus Brettheim
Volkssturmmann Uhl aus Brettheim
Bürgermeister Gackstatter aus Brettheim
Ortsgruppenleiter Wolfmeyer aus Brettheim.

Rößler hat, als er vor dem Feinde eingesetzt werden sollte, schon nach wenizen Stunden heimlich die Stellung verlassen und sich unerlaubt nach Rothenburg o. d. Tbr. zurückbegeben. Die Fortführung des Kampfes an der Front überließ er den anständigen Kameraden seiner Volkssturmkompanie.

Hanselmann und Uhl haben vier Hitlerjungen, die als Panzerknacker auf dem Marsch gegen den Feind waren, entwaffnet, geschlagen, fortgejagt und sämtliche Waffen vernichtet.

Gackstatter und Wolfmeyer haben sich schützend vor den Verräter Hanselmann gestellt.

Das Urteil gegen Rößler ist durch Erschießung, gegen Hanselmann, Gackstatter und Wolfmeyer durch Erhängen bereits vollstreckt worden. — Uhl ist flüchtig und wird verfolgt. Wer ihm Unterschlupf und Hilfe gewährt, wird ebenfalls mit dem Tode bestraft.

Das Deutsche Volk ist entschlossen, mit zunehmender Schärfe solche feigen, selbstsüchtigen und pflichtvergessenen Verräter auszumerzen und wird nicht davor zurückschrecken, auch deren Familien aus der Gemeinschaft des in Ehrea kämpfenden Deutschen Volkes zu streichen.

Der Kommandierende General

gez. Simon

SS-Gruppenführer und Generalleutnant der Waffen-SS

Als „Tragödie von Brettheim“ ging dieser Vorfall der letzten Kriegstage in die Geschichte ein: Zwei Bauern entwaffneten Hitlerjungen, die sich mit Panzerfäusten den heranrückenden Amerikanern entgegenstellen wollten. Die Bauern wurden von der SS standgerichtlich zum Tode verurteilt. Als der Bürgermeister und der NSDAP-Ortsgruppenleiter sich weigerten, diese Urteile zu unterschreiben, wurden auch sie in Brettheim erhängt.

grabenen Hausschlüssel für die Lerchenstraße. Der würde, oh Wunder, auch heute nach sechzig Jahren noch passen, denn das Haus ist – obwohl alle Einwohner, die dort im Keller waren, ums Leben gekommen sind – vorne völlig intakt geblieben und nach dem Wiederaufbau wird es wieder – und das mit dem gleichen Schlüssel – geschlossen. Ich könnte heute den Schlüssel von damals, nach über sechzig Jahren, immer noch benutzen – und das nach all dieser Aussichtslosigkeit von damals, wo man, nach Stabsfeldwebelsart, eigentlich hätte „in die Luft nuffsoicha ond dro nuffklettra“ hätte müssen.

Über den Pfahlhof, Winzershausen und vorbei am Wunnenstein kamen wir nach Beilstein und meldeten uns dort. Wie üblich stand man an der Sammelstelle eine Zeit lang herum und unterhielt sich. Die Zivilisten waren zum Teil ängstlich, weil wieder Soldaten da waren. Eine Frau erzählte vom Befehl des Heilbronner Kreisleiters, Beilstein müsse bis zum letzten Stein verteidigt werden, da es der letzte Ort vor der Heilbronner Kreisgrenze sei. Wir haben solche Sprüche natürlich gelassen zur Kenntnis genommen. Alle möglichen Gerüchte wurden erzählt. Dass Männer, die Hitlerjungen Panzerfäuste weggenommen haben, umgehend erhängt worden sind.

Romantik

Als es dunkel wurde, kam der Befehl zum Abmarsch in eine neue Stellung. Zuerst ging es steil bergauf durch Weinberge.
Ein Freund meines Vaters hatte auch Weinberge. Einen in Rosswag, wo man zur Kirschenzeit hinwanderte und dann oberhalb des Weinbergs in fröhlicher Runde unter einem großen Kirschbaum saß.
Und einen anderen in Stuttgart, unterhalb des Kräherwaldes bei der Waldkirche. Dort war ich einige Male im Herbst bei der Weinlese und habe miterlebt, wie mühsam und schwierig es ist, einen mit Trauben vollen Butten die schmalen, manchmal ungleich hohen und tiefen, holprigen Treppen, die Weinbergstäffele, zwischen den Mauern zu einem Leiterwagen hinunterzutragen, ein paar Stufen einer daran lehnenden Leiter hochzusteigen und die Trauben in das Fass zu kippen. Wer dabei ausrutschte und hinfiel, war für den Rest des Tages blamiert und niedergeschlagen.
Nun stapften wir, ein kleines Häuflein Soldaten im Gänsemarsch, beladen mit allen notwendigen Utensilien – Gewehr, Spaten, Brotbeutel, Seitengewehr, Patronentaschen – die MG-Schützen mit ihren Maschinengewehren, ihre Ladeschützen mit den Munitionskästen, klappernd und klirrend zwischen den noch kahlen Rebstöcken so eine steile, holprige Weinbergstaffel hinauf durch die Nacht.
Der nördliche Himmel war rot erleuchtet vom Artilleriefeuer und von vielen Bränden rund um Abstatt. Mehrere Gehöfte brannten lichterloh. Je höher man kam, umso mehr sah man die im Norden brennenden Feuer. Also gab es nach einem geruhsamen Tag und einer Wanderung durch schöne Landschaft wieder *Krieg und Kriegsgeschrei.* Aber nicht, wie Goethes Osterspaziergang, *weit hinten in der Türkei,* sondern nur wenige hundert Meter vor uns.
Auf der Höhe kamen wir in den allenthalben über den Weinbergen des Keupers liegenden Wald und haben dort Stellung bezogen. Nicht am Waldrand, was man strategisch eigentlich erwartet hätte, sondern mitten im Wald wurde der entsprechend auseinandergezo-

Romantische Erinnerungen an Friedensjahre: Unter dem Kirschbaum über einem Rosswager Weinberg (um 1935).
Beim mühseligen Hinaufsteigen durch die Beilsteiner Weinberge dachte ich in der durch Feuerblitze und brennende Gehöfte erhellten Dunkelheit an schöne Tage in den Weinbergen, wie hier mit der Familie unter einem Kirschbaum über den Roßwager Rebhängen.

Bei den Streifzügen durch die idyllische Hügellandschaft des schwäbischen Unterlandes kamen meine Gedanken immer wieder auf die Romantiker, etwa auf Eichendorff und Caspar David Friedrich, dessen „Böhmische Landschaft“ sich hier mit der Gegend um den Wunnenstein zu vereinigen scheint.

gene Zug angewiesen, alle fünf bis zehn Meter Panzerdeckungslöcher zu graben. Was links und rechts war, wussten wir nicht, was vorne und hinten lag, auch nicht. Auf jeden Fall hat jeder sein Loch gegraben, ich als Melder am äußersten Flügel Richtung Osten. Welche Umgebung würde mich wohl am nächsten Morgen hier erwarten? Ich musste mich, im Gegensatz zu den anderen, die ja schon immer Panzerdeckungslöcher hatten buddeln müssen, hier zum ersten Mal eingraben. Ich habe also gegraben und geschaufelt, habe Schaufel für Schaufel den aufbrechenden Waldboden gerochen und mich, umgeben von Erde, in einer Frühlingsnacht bei aufbrechenden Knospen mitten drin im Wald zusammengekauert, niedergelegt und geschlafen.

Als ich aufwachte, traute ich meinen Augen nicht. Die ersten Sonnenstrahlen schienen durchs Geäst. Leichte Nebelschwaden stiegen auf, das Gras wehte leicht im Wind, ein Duft von Frühling. Und kaum zu glauben: Auf dieser Anhöhe, auf die wir in der Nacht gestiegen waren, befand sich ein kleiner See. Ein wirklicher See. Im Wasser mit sich ganz sanft kräuselnden Wellen spiegelte sich das erste Morgenlicht: das Ufer mit dem aufsprießenden Grün lag in einem leichten, aufsteigenden Dunst. Und davor – nicht zu glauben – ein lebendiger Hase mit aufrecht stehenden Ohren. Das war Romantik pur, Eichendorff und Caspar David Friedrich in einem. Die Romantik, von der man als Schüler geträumt, die man aber nur auf dem Papier, in Bildern und Gedichten erlebt hat, war hier für mich zum ersten Mal reale Wirklichkeit. Weit ab von der Stadt und auch weit ab von allem Getriebe und für kurze Zeit auch weit ab

vom Krieg. Die Romantik war für uns als Schüler ja nicht nur eine kunst- und stilgeschichtliche Epoche, also nicht nur Geschichte. Sie stand für die Sehnsucht nach einer sanfteren Welt als dieser, in der wir leben, exerzieren und gehorchen mussten. Die Romantik vermittelte uns Landschaft, dargestellt in Bildern und Gemälden, als Gefühl und Stimmung erzeugende Natur. Landschaft war dort nicht nur ein Gefechtsfeld, in dem man sich tarnt, eingräbt oder sprungweise von Deckung zu Deckung vorarbeitet, die nur nach strategischen Gesichtspunkten beurteilt und erfahren wird. Obwohl wir dauernd martialische Sprüche hören, gelegentlich auch zitieren oder im Sprechchor mitrufen mussten, haben wir oft auch gerne die Gedichte von Eichendorff sowie anderen Romantikern zitiert und uns gegenseitig vorgelesen: *O Täler weit, o Höhen. Wer hat dich, du schöner Wald, aufgebaut so hoch da oben. Es war, als hätt der Himmel die Erde still geküsst* und viele mehr.

In der Schule haben wir diese Lieder sogar gesungen. Das war sicher ein Sonderfall, denn wir hatten einen Gesangslehrer, der wegen des Lehrermangels dienstverpflichtet war. Er musste Musikunterricht erteilen, obwohl er eigentlich als freier Kammersänger durch die Welt gereist war und Liederabende abgehalten hatte. Bei ihm haben wir viele Schubert- und Schumann-Lieder gehört und gesungen. Und auch Loewe-Balladen. In dieser Zeit war unsere Schulklasse vom Lehrer für weltanschaulichen Unterricht beim Kultministerium angeschwärzt worden, weil wir ihm angeblich nicht folgten. Tatsächlich hatten wir ihn im Englischunterricht, den er auch gab, ein bisschen auf die Schippe genommen und im dort herrschenden Durcheinander

Christian Mergenthaler wurde 1884 in Waiblingen als Sohn eines Bäckermeisters geboren. Mathematik und Physik studierte er unter anderem an der TH Stuttgart. Seit Herbst 1922 Mitglied in NSDAP und SA, seit Mai 1933 württembergischer Ministerpräsident und „Kultminister", wie das damals hieß. Mergenthaler galt als starrsinnig, schroff und einfallslos. Goebbels nannte ihn den „Schulmeister". Kultminister Mergenthaler machte im April 1937 die NS-Mitgliedschaft für Lehrer zur Pflicht. Als sich 1945 die Alliierten Stuttgart näherten, entschloss er sich zur Flucht auf die „Alpenfestung", wurde aber bei Hindelang gefangen und interniert. Als „Hauptschuldiger" eingestuft und bis 1949 in Haft, lebte er von 1951 an als zurückgezogener Pensionär in Korntal. Mergenthaler starb 1980.

ging es manchmal ziemlich hoch her. Kurz und gut, die Schulklasse wurde eine Woche lang von Vertretern des Kultministeriums kontrolliert. Sie waren in jeder Unterrichtsstunde da, und ganz zum Schluss kam der Kultusminister Mergenthaler persönlich. Das war ein intellektueller Nazi mit einem Zwicker, aber auch in Uniform. Er hat uns während des Gesangsunterrichts besucht. Wir haben von Eichendorff/Schumann gesungen „Es zogen zwei rüstige Gesellen zum ersten Mal von Haus" und waren gespannt, was nun dieser Mergenthaler dazu sagen würde: Er sei ganz beeindruckt über Verständnis und Gefühl für die Romantik, das die deutsche Jugend auch in so schwerer Zeit aufbringe. Für einen wie ihn und andere Nazis hatte Romantik sicher auch etwas mit deutschem Volkstum zu tun.

Hasenbraten

Immerhin, jetzt war sie da, die Romantik: mit Wald, See und Hase. Aber präsent waren auch ein leerer Magen und schlechte Aussichten, über geregelten Nachschub an Verpflegung zu kommen. Also nahm ich mein Gewehr, entsicherte, machte, was ich gelernt hatte, „saugend und schraubend den Kolbenhals umfassend, Ziel aufnehmen, über Kimme und Korn, einatmen, beim Einatmen Druckpunkt nehmen“. Dann wollte ich ausatmen und durchziehen, aber im gleichen Moment knallte es neben mir. Paule Kinkel hatte schon geschossen, der Hase lag da. Also habe ich mein Gewehr abgesetzt und wieder wars nichts – Gott sei's gelobt – mit dem Schießen. Ich bin hingesprungen, um den Hasen zu holen, weil wir das Gefühl hatten, hinter dem See könnte eine Ortschaft mit einer Bauersfrau sein, die uns den Hasen braten würde. In der Zwischenzeit hatte ich auch festgestellt, wo wir nun waren: am Annasee, der Ort dahinter heißt Gagernberg.
Also marschierte ich nach Gagernberg und fand dort auch gleich eine Bauersfrau, die bereit war, uns einen Hasenbraten zu machen. An einem Vordach habe ich den Hasen aufgehängt, mit meinem Seitengewehr ein paar Schnitte gemacht und ihm das Fell über die Ohren gezogen. Rudi Volz hat sich gewundert, dass ich das konnte – er hat es mir wohl nicht zugetraut. Aber als die Essensrationen immer kleiner wurden, hatten wir zu Hause in der Lerchenstraße Kaninchen, da musste ich auch gelegentlich eines abziehen.
Die Bäuerin hatte auch ein Töchterlein. Nach dem dauernden Dasein in dieser rauen Männerwelt hätte ich ganz gerne mal wieder mit einem Mädle geschwätzt oder geschäkert. Aber die Frau hat ihre Tochter schnell weggeschickt. Es gab einen Spruch: „Ich weiß schon, was die Soldaten wollen. Schön daherreden und dann's Schmuckkästle verrammeln“. So weit dachte ich natürlich sowieso nicht, aber ein kleines Schwätzle wäre doch ganz nett gewesen. Wir haben ausgemacht, dass ich am Nachmittag wieder kommen würde, und unsere Köchin hat mir noch Spätzle zum Braten versprochen.
Zurück in der Stellung habe ich erst einmal die Lage erkundet. Die war in der Tat mehr als merkwürdig. Denn wir befanden uns mitten im Wald und hatten vor uns eigentlich nur Bäume. Es kam ein Waldweg auf

Oben: Der Annasee bei Gagernberg, wo man nachts Stellung bezog und sich eingrub.

Unten: Gagernberg. Dort traf ich eine Bauersfrau, die uns einen Hasenbraten zubereitete.

uns zu, die Ortschaft Gagernberg war hinter uns. Man hat sich denken können, dass die Amerikaner zuerst über die Straße in die Ortschaft kommen und danach den Wald durchkämmen würden. Sie wären also wahrscheinlich in Gagernberg gewesen, bevor wir zum Schuss gekommen wären und hätten uns dann von hinten aufgerollt.

Links und rechts habe ich auch keinen Anschluss an andere Einheiten gefunden, wir waren also isoliert. Weit auseinandergestreut in Panzerdeckungslöchern und MG-Stellungen waren wir auf uns selber gestellt. Und wenn es da bei Eichendorff heißt: *Rauscht erwachend Wald und Hügel, | wer da fliegen kann, nimmt Flügel*, so haben wir nur wieder mit unserem entschwundenen Stabsfeldwebel sagen können: „Des isch zum bolzgrad end Luft nuffsoicha und zum dro nuffkleddra".

Die Lage war also eher aussichts- und hoffnungslos. Weil ich zum einen keine Lust hatte, im Panzerdeckungsloch zu hocken und zu warten, weil ich zum anderen als Meldegänger auch verpflichtet war, Verbindung aufzunehmen, habe ich mich ein wenig umgeschaut. Ich habe mir vorgenommen, ein Stück vorzugehen, an die Hangkante, wo man eher etwas sehen würde – mehr als mitten im Wald. Das wurde dann doch ein längerer Spaziergang, denn in die Hangkuppe hat sich ein kleines Tälchen geschoben, das ich umrunden musste. Ich wollte auf jeden Fall immer im Wald, geschützt vor allem auch vor den Jagdbombern, gehen. Auch der Aufklärungsflieger war dauernd unterwegs. Und wieder mal war ich ganz für mich allein. Ohne den Kanonendonner im Hintergrund wäre das für einen Träumer und Schwärmer wie mich eine Gegend und ein Tag gewesen, um die Frühlingsstimmung so richtig zu genießen. *Frühling lässt sein blaues Band | wieder flattern durch die Lüfte* hat Mörike gesagt. *Laue Luft kommt blau geflossen. | Frühling, Frühling soll es sein* der Eichendorff. *Vom Taue glänzt der Rasen, | beweglicher eilt schon die wache Quelle* unser Vaterlandsdichter Hölderlin. Und: *Die linden Lüfte sind erwacht, | sie säuseln und weben | Tag und Nacht*, mit dem schönen, zu meiner Stimmung passenden Schluss *Nun, armes Herz, | vergiß der Qual! | Nun muß sich alles, | alles wenden* unser Uhland, der mit den blutigen Balladen.

An das Töchterlein beim Hasenbraten habe ich natürlich da auch gedacht. Ich wäre ja schon zufrieden gewesen mit einem kleinen Schwätzle, an mehr hat unsereiner ja sowieso nicht denken dürfen. Obwohl in diesen Zeiten darüber viele Sprüche gemacht worden sind. Es ist viel erzählt worden von raschem Techtelmechtel, oder raschem Sex würde man heute sagen, in Ecken oder Nischen beim Vor- und Rückmarsch. Vor allem jetzt am Schluss des Krieges, wo jeder noch schnell ein freudiges Erlebnis haben wollte, bevor alles verloren war.

Nur: in einem so stillen, verlassenen Tal mit lauschigen Ecken und Nischen hätte es mit einem lieben Mädle auch etwas mehr als nur ein Schwätzle sein können.

Da ist mir Gottfried Keller eingefallen, nicht mit seinem „Grünen Heinrich", sondern mit seinem „Waldfrevel", auf den ich als eifriger Gottfried-Keller-Leser auch einmal gestoßen bin: *Seht den Schuft am Waldessaum...* Das ist mir nie aus dem Sinn gegangen, wie er seinem Schätzchen im Graben Tuch und Mieder geöffnet hat: *Zeig' mir der Korallen Schein | an dem frischen roten Munde, | gib mir schnell mein Elfenbein, | all das fein gedrehte runde!* So einen weiblichen Busen zu sehen oder gar zu berühren und in den Händen zu haben: ein unerfüllter Traum. Die ganze Gegend war viel zu unsicher, um allzu lange solchen Gedankenfetzen und Schwärmereien nachgehen zu können.

Burg Wildeck. In der Nähe fand ich an der Hangkante eine Stelle mit Blick über Teile des Schozachtals.

Vorne an der Hangkante, in der Nähe der Burg Wildeck, fand ich eine Stelle, von wo aus ich die ganze Untergruppenbach vorgelagerte Talebene des Schozachtals übersehen konnte. Auf diesem weiten Feld gab es überall kleinere und größere Gruppen zurückgehender Deutscher – zum Teil zu Fuß, zum Teil mit allen möglichen Fahrzeugen, auch Pferdefuhrwerke waren darunter. Auf sie prasselte das ganze gewaltige Artelleriefeuer nieder, das immer einem Angriff vorausging. Auf einer Straßenkreuzung gab es einen Volltreffer mitten hinein in eine Gruppe. Alles was vorher noch halbwegs geordnet war, flog in der Luft herum, halbe Wagen, halbe Gäule, Trümmer, Staub und Erdbrocken. Es war ein Horrorszenario wie ich es nur aus Wochenschauen und Kriegsfilmen kannte. Hier sah ich an einer sicheren Stelle von meinem erhöhten Panoramasitzplatz aus als Zuschauer und Augenzeuge, was eine dieser vielen, vielen, unzähligen Feuerwalzen alles anrichtet.
Es sah so aus, als ob die Amerikaner bald im Tal vorrücken würden. Was das für uns da oben im Wald bedeuten würde, konnte ich nicht abschätzen. Ich war der Meinung, wir würden sicher noch einen Tag Ruhe haben, weil ein Vormarsch zunächst auf den wichtigeren Straßen vorgeht. Also bin ich zurückgegangen und war am Nachmittag wieder bei meiner Bauersfrau. Die hatte tatsächlich den Hasen schön mit Spätzle und Soße in zwei großen Kübeln hergerichtet, die ich in der Stellung an die in ihren Löchern Sitzenden verteilt habe. Eine sehr gute Abwechslung und für mich über lange Zeit die letzten Spätzle. Ich weiß gar nicht, wann ich die nächsten wieder bekommen habe. Mit Sicherheit erst nach der Gefangenschaft, aber Spätzle aus Weißmehl wahrscheinlich erst nach der Währungsreform.

Warten

Über allem war es inzwischen Abend geworden. Bis man gegessen und ich die Kübel zurückgebracht hatte, war es schon Nacht. Außer ein paar verstreuten Granateinschlägen und dem üblichen Kanonendonner in der Ferne hat sich an diesem Tag nicht allzu viel ereignet. Aber es hatte sich ein Gerücht herumgesprochen: Wir sollten in eine Ruhestellung weiter östlich, in die Gegend von Nassach verlegt werden. Alle haben damit gerechnet, dass wir dort unsere Beförderung zum Unteroffizier erhalten und vielleicht ein paar Tage Ruhe haben würden, bis weiter hinten wieder eine Verteidigungsstellung aufgebaut sei, oder – nach Meinung unserer verbliebenen Führung – eine richtige Verteidigungslinie entstünde.

Im Ilsfelder Heimatbuch habe ich dann gelesen, dass die Amerikaner wegen der Gegenwehr doch erst am 17., also am nächsten Tag, richtig angegriffen haben. Am 17. April begann von einem südlich Unterheinriet gelegenen Waldstück aus der „Kampf um die fünf Finger“, der in einer amerikanischen Darstellung folgendermaßen beschrieben wird:

Die bewaldeten Berge südlich Unterheinriet bilden eine Hand mit ausgespreizten Fingern, die nach Westen zum Neckar greifen mit dem Daumen als unterstem Teil. Der kleine Finger ist der Berg Vohenlohe mit einer festen mittelalterlichen Burg an seinem Ende. Der zweite und der dritte Finger sind die auf beiden Seiten des Steinbergs liegenden Wälder mit ihren Abhängen. Die Kübelsteige ist der Zeigefinger und der Fohlenberg der massige Daumen ...

Der damals 19-jährige amerikanische Soldat Franklin L. Gurley, der in seinem Tagebuch die Ereignisse in den Wäldern des Steinbergs sehr genau beschrieben hat, berichtete u. a.:

„Den ganzen Tag beschossen sie uns ... Während wir in der warmen Sonne lagen, konnte wir über eine Schneise, die von den Granaten gezogen wurde, 300 Meter entfernt die Burg Helfenstein sehen. Das große Schloss bei Untergruppenbach lag im Dunst, und der Heilbronn überschauende Turm war weit weg im Westen. Die Gegend war viel zu schön, um hier zu sterben.“

Als ich das gelesen hatte, war ich froh, bei Horkheim auf keinen geschossen zu haben. Bei Wildeck, oberhalb von Helfenstein und Untergruppenbach in meinem Logenbeobachtungssitz, hätte ich sowieso auf niemanden schießen können. Und auch bei meinen Wanderungen, Hinweg und Rückweg ist mir, Gott sei's gelobt, kein Spähtrupp begegnet, sodass ich in keinerlei Schießerei verwickelt wurde.

Am nächsten Tag wurde zu meinem Leidwesen Paule Kinkel abkommandiert. Er sollte die neue Stellung in Nassach erkunden. Neuer Zugführer wurde ein Stabsfeldwebel, der schon einige Zeit bei uns mitlief. Er war, wie es hieß, 23 Jahre lang in einer Bäckereikompanie gewesen, also alles andere als ein harter Frontkämp-

fer. Er hat einen schwarzen Stoppelbart gehabt und sich wenig rasiert, sodass wir ihn auf die Schippe genommen haben: „Du musst dich jetzt rasieren, sonst halten dich unsere eigenen Leute noch für einen Neger." Am Nachmittag hatte eine Granate in den See eingeschlagen, sie ist mit einer riesigen Fontäne explodiert. Und siehe da, der Stabsfeldwebel, Kuss war sein Name, hat aus seinem Loch rausgeguckt, sich eingeseift und zur Hälfte rasiert.
Außer dem immer näher kommenden Gewehr- und Geschützfeuer und der wachsenden Unruhe hat sich an diesem Tag nicht allzu viel ereignet. Einmal hieß es, ein Spähtrupp der Amerikaner sei in der Nähe aufgetaucht. Dann brachten sie auf Pferdefuhrwerken Verwundete über den Waldweg. Und wir warteten, was kommen soll – unsicher, von welcher Seite die Amerikaner wohl auf uns zukommen würden. Aber die Sorge war unberechtigt, denn in der Nacht kam der Absetzbefehl zum Rückzug, ohne dass wir direkte „Feindberührung" hatten. Der Rückzug führte aber nicht etwa in eine Ruhestellung, sondern auf die andere Talseite, in die Nähe von Jettenbach. Als wir uns zum Abzug sammelten, sah ich unseren Bäckereifeldwebel ganz unsicher auf der Landkarte herumsuchen. Zudem hielt er sie auch noch verkehrt herum, also nicht eingenordet, und wollte dann auf dem Waldweg Richtung Norden losmarschieren. Ich habe ihm die Karte weggenommen und gesagt: „Komm, gib her, du führst uns ja noch direkt zu den Amis."

„Die Gegend war viel zu schön, um hier zu sterben." (Zitat eines amerikanischen Soldaten)

IV

Rückzug

Von jetzt an gab es keine Frontlinie mehr. Wir gingen noch zweimal in Stellung. Zuerst bei Jettenbach einen Tag lang unter Beschuss, mehr oder weniger bewegungslos in einer Mulde kauernd. Dort habe ich zum ersten und hoffentlich auch einzigem Mal aus einer Pfütze neben mir Wasser getrunken, weil es zu gefährlich und tödlich gewesen wäre, überhaupt den Kopf über die Deckung herauszuheben.

Und dann gingen wir bei Nassach zum letzten Mal in Stellung, in einem völlig undurchschaubaren Chaos von in Stellung gegangenen und zurückflutenden Gruppen: Soldaten, Volkssturm, Arbeitsdienstler, kreuz und quer durcheinander. Keiner wusste, wer zu wem gehörte, und wer weiß, ob bei der allgemeinen Schießerei nicht da und dort auch auf eigene Leute geschossen wurde.

In der Nacht kam dann der Absetzbefehl. Wir zogen als ein ziemlich ungeordneter Haufen ab, nach Süden. Dieser lange Zug bestand nicht nur aus unserer Einheit, sondern aus allen Möglichen, die sich absetzten. Inzwischen war die Nacht vom 19. auf den 20. April angebrochen und natürlich wusste jeder um „Führers Geburtstag". Was der wohl macht, wo der wohl hockt. Es kursierte das Gerücht, dass er, an der Spitze seiner Truppen, die Verteidigung von Berlin führen werde. Der 20. April war ja in den vergangenen Jahren immer wichtiger Bezugspunkt für Aufmärsche, Paraden und Beförderungen gewesen. Im Kriegsjahr 1939, als Hitler 50 wurde, gab es eine ungeheuer eindrucksvolle Parade. Überhaupt diese Paraden: alle in Paradeuniform, sauber geputzt, und mit sauberen Stiefeln, gewichst, alles glänzend und toll, Ehrenbezeigung und Musik und Fahnen und Stechschritt in Zwölfer-Reihen. Die sind damals marschiert wie an einem Bindfaden ausgerichtet. Diese deutsche Armee, höchstdiszipliniert, jedem Befehl gehorchend – und jetzt dieser Gegensatz: Ein schlurfender Hau-

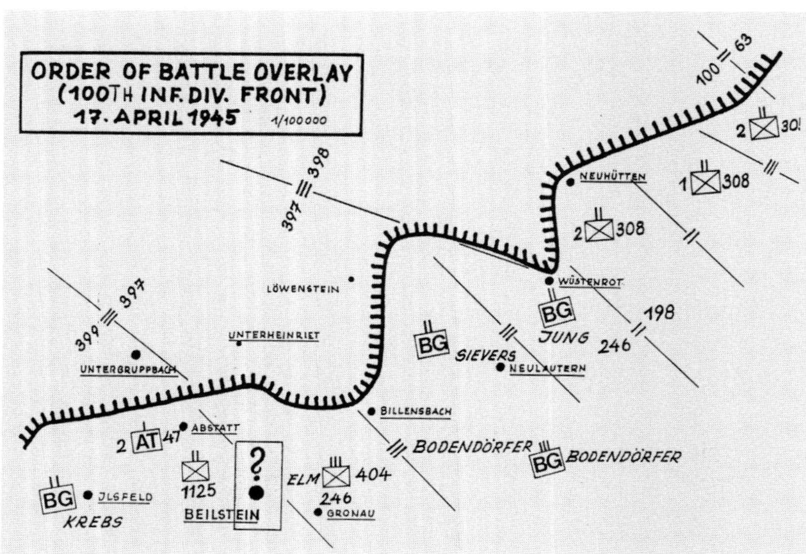

Frontverlauf am 17. April 1945, die letzte geschlossene Frontlinie des Zweiten Weltkriegs an der Westfront. Mit dem Fragezeichen bei Beilstein haben die Amerikaner ihre Unsicherheit in diesem Abschnitt markiert.

fen vor sich hin trottender Soldaten, die meisten Gewehrläufe zeigten nach unten. Unordentliche Uniformen, verdreckt und verschmiert auf dem Marsch in eine ungewisse Zukunft.
Unterwegs kam von rechts her auf einer Straße ein ebenso trottender Haufen sich zurückziehender Soldaten. Man fand mit ihnen ins Gespräch, sie kamen aus dem Bottwartal. Auch sie folgten der allgemeinen Stimmung „nur ab nach Süden!" Beim Nebeneinanderhertrotten wurden viele Gerüchte erzählt und natürlich auch Witze gerissen. Manche fanden, jetzt werde es Zeit, dass endlich die Waffen eingesetzt würden, von denen dauernd die Rede war. Einer hat gesagt: „England wird vereist, es dreht sich alles wieder um." Aber das war wohl Galgenhumor und er hat uns nur auf die Schippe nehmen wollen. Einer wusste: „Die SS-Generäle sind mit der Kriegskasse alle schon unterwegs nach Argentinien." Offenbar hatte sich herumgesprochen, dass viele dieser Größen, möglicherweise mit Geld und Gold im Koffer, sich nach Südamerika abgesetzt haben, wo sie unerkannt oder auch unter ihrem richtigen Namen noch gut lebten. Das hat in der Nacht zum 20. April 1945 ein gewöhnlicher Landser schon geahnt und gewusst.
Aber sonst ist man eigentlich nur vor sich hingetrottet, schrecklich müde nach den letzten schlaflosen Nächten. Irgendwann in der Nacht ging es den Buckel hinunter nach Backnang hinein. Auf der geraden Straße, schon im Ort, hat unseren Stabsfeldwebel Kuss – der 23 Jahre in der Bäckereikompanie war, der mit dem Stoppelbart, den er sich immer in unmöglichen Situationen hat rasieren müssen – das heulende Elend gepackt. Er hat ununterbrochen mit seinem Gewehr auf den Boden gestampft und vor sich hingeheult, dass er jetzt nicht mehr mitmachen will. „Warum hört das nicht auf" und „ich möchte heim und dort jeden Samstag ein frisches Hemd. Jeden Samstag ein frisches Hemd, ein frisches Hemd."
Was aus ihm geworden ist, weiß ich nicht. Ob er es fertiggebracht hat, wie unser Stabsfeldwebel Salat sich noch rechtzeitig abzusetzen? Ich hoffe, dass er noch oft und recht lange jeden Samstag ein frisches Hemd hat anziehen können.
Als es Tag wurde, waren wir in Unterweissach. Dort hieß es, man würde noch einmal in Stellung gehen. Es wurde aber dazu nichts unternommen, sondern alle sind einfach so im Ort herumgehockt. Manche gingen zum Bauern und versuchten, noch etwas Essbares zu bekommen. Irgendwann hörte man Schüsse und einige schrieen: „Panzeralarm!". Der Ruf schallte durch den Ort, „Panzeralarm!" und siehe da, aus dem gegenüberliegenden Haus im ersten Stock sah ich den Stabsfeldwebel Kuss herausgucken, sein Gesicht eingeschäumt und eine halbe Seite rasiert. Auch das hoffe ich: dass er in Zukunft sich immer hat in Ruhe rasieren können, dass es vorbei war mit der dauernden halbseitigen Rasierei.

Auflösung

In der Nacht ging es weiter auf Nebenstraßen und Nebenwegen, denn man wusste nie, welche Ortschaften vom Ami besetzt waren. Dabei hat sich der ganze Haufen allmählich aufgelöst. Es regnete und so gingen wir eine Zeit lang zu dritt unter einer Zeltplane: Einer hat den Kopf hinausgestreckt, die beiden anderen sind nebenhergelaufen. Ich meine, ich hätte sogar im Gehen geschlafen, weil ich erst nach einer Weile wieder zu mir kam.

Es ging jetzt auf das Remstal zu. Sicher hat mancher von daheim geträumt und sich Gedanken gemacht, dass es vielleicht am besten wäre, in der Dunkelheit zu verschwinden und heimzugehen. Ich selber habe nicht recht gewusst, wo ich hin sollte. Direkte Familie gab es nicht mehr und das Haus war kaputt. Deshalb dachte ich: „Ich trotte halt weiter mit nach Süden und irgendwo auf der Alb gibt es vielleicht eine Auffangstelle." Im Lauf der Nacht war ich, wohl halb zufällig, mit Heinz Schloz und noch einem anderen beisammen. Es war ähnlich wie beim Schulausflug: Man läuft mal da mit zweien oder dreien, mal dort mit fünfen. Dann läuft einer langsamer, der andere schneller und zuletzt, kurz und gut, zuletzt hatte sich die Kolonne auseinandergezogen und verloren. Einige hatten sich, wie sich später beim Wiedertreffen herausstellte, auf den Weg Richtung Heimat, Richtung Stuttgart gemacht.

Wir drei trotteten weiter Richtung Remstal.

Der Dritte, es war der Mit-Mg-Schütze von Heinz Schloz, trug immer noch einen Munitionskasten bei sich. Im Morgengrauen waren wir in Geradstetten. Dort hieß es, die amerikanische Vorhut sei gerade schon durchgefahren. Wir haben unserem dritten Mann gesagt, er brauche seinen Munitionskasten nicht mehr zu schleppen. Der aber wollte nicht mehr. Mit den Worten „Ich bleibe da und lass' mich von denen mitnehmen." ging er in das nächste Haus.

Wir wollten uns – nach Überqueren der Remsbrücke – auf der anderen Seite in den Schurwald schlagen. Kurz vor der Brücke schrie ein aufgeregter Pionierleutnant: „Zurück, halt, ich sprenge die Brücke!" Er wartete noch zwei Minuten bis wir drüben waren, dann ist sie mit lautem Knall zusammengebrochen. Beim Aufstieg in den Schurwald wurde es langsam Tag. Überall auf den Straßen hörte man Motorgeräusche. Ob von zurückgehenden Deutschen oder vorrückenden Amerikanern war nicht auszumachen. Also blieben wir im Wald. Heinz Schloz hatte Verwandte in Hohengehren und in Büchenbronn. Wir nahmen uns vor, dorthin zu gehen, ein bisschen auszuruhen, zu essen und dann weiter zu sehen.

Der „Werwolf" war eine nationalsozialistische Untergrundbewegung, die sich nach einer Anweisung Himmlers vom Oktober 1944 im Januar und Februar 1945 aus Angehörigen von SS, SA, Gestapo und Hitlerjugend rekrutierte. Noch bis zum Frühjahr 1946 hat diese Gruppierung in den bereits von alliierten Truppen besetzten Gebieten Sabotage und Terrorakte durchgeführt.
Ein Werwolf (Wer = Mann) war im Volksglauben, der in nordgermanischen mythologischen Vorstellungen wurzelt, ein Mensch dessen Seele vor allem nachts Wolfsgestalt annimmt und so zum menschliche Raubtier wird.

Funktionsschema des Karabinertyps, den ich im Schwäbischen Wald „zurückgelassen" habe. (Aus dem „Militärischen Wörterbuch")

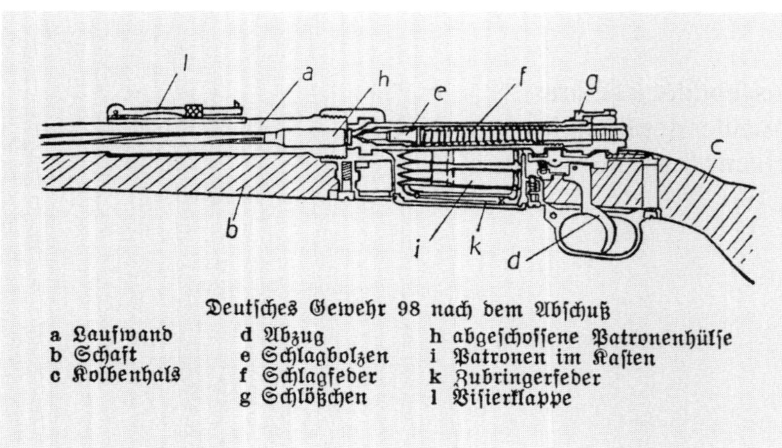

An den Straßen, auch unten im Remstal, lag schon haufenweise zurückgelassenes Kriegsgerät – alles, was Soldaten auf dem Rückzug liegen und stehen lassen, auch Gewehre und Panzerfäuste. Wir überlegten also, was mit uns passieren würde, wenn wir hinter der Front oder zwischen allen Fronten bewaffnet herumliefen.
Ich war und bin ja ein vorsichtiger und ängstlicher Mensch. Ich hatte, nachdem ringsum überall schon Amerikaner waren, Angst, dass sie uns, solange wir bewaffnet waren, für Werwölfe halten könnten. Denn es war kurz vorher der Werwolf mit dem Ziel gegründet worden, hinter den feindlichen Linien eine Widerstandsfront zu eröffnen. Sie sollten einen Partisanenkrieg führen, und wie man mit Partisanen umgeht, das konnten wir uns denken. Schließlich hatten wir Wochenschauen gesehen, und auch Fronturlauber aus Russland haben bruchstückhaft manches durchsickern lassen.
Wenn man uns als Bewaffnete aus der Ferne sah, würden wir beschossen. Jetzt wo der Krieg, zumindest in unserer Gegend, so gut wie vorbei war, wollten wir auf keinen Fall mehr eine verpasst bekommen. Also haben wir, kurz entschlossen, unsere Gewehre im Wald weggeworfen, mitten im Schurwald liegen lassen. Ich selber habe noch eine Pistole gehabt, die ich weiterhin bei mir behielt, so dass ich, falls wir je eine Auffangstellung erreichten, nicht als völlig unbewaffneter Soldat ankommen würde.
Mein Gewehr, Karabiner 98 K, „die Braut des Soldaten“, x-mal mit Platzpatronen geschossen, x-mal scharf auf Scheiben, manchmal auf umfallende Pappkameraden, x-mal gereinigt und x-mal präsentiert: „Bitte Herrn Gefreiten meinen gereinigten und entölten Lauf vorzeigen zu dürfen“. Das Schloss konnten wir blind auseinandernehmen und blind wieder zusammensetzen. Ein Magazin hatte ich mehr oder weniger unnötig in Klingenberg verschossen, dann aber nie mehr einen Schuss abgegeben. Dieses edle Stück, immer nur zum Üben und Exerzieren und nie ernsthaft benutzt, liegt jetzt auf dem Waldboden im Laub zwischen Geradstetten und der Straße, die von Winterbach hinauf zum Schurwald führt. Sie wird nie mehr „saugend und schraubend am Kolbenhals“ umfasst.
Bedenkt man, wie und wofür wir erzogen, ausgebildet und dressiert worden sind, so war dies doch ein einschneidendes Ereignis. Ich habe noch mal die „Pflichten des Soldaten“ nachgeschlagen. Da steht unter zweitens: „Die Ehre des Soldaten liegt im bedingungslosen Einsatz seiner Person für Volk und Vaterland bis zur Opferung seines Lebens.“ Heute wird es uns wohl keiner übel nehmen, dass wir unter diesen Umständen – als man sehen konnte, dass der Krieg vorbei war – wie die vielen anderen Soldaten auch, unser Gewehr weggeworfen haben.
Aber etwas anderes, was mich wirklich erschreckt hat, wurde mir in diesem Moment auch bewusst: die Tatsache, dass ich jetzt

40 Jahre nach Kriegsende berichtet die „Untertürkheimer Zeitung“ über jenen denkwürdigen 22. April 1945, an dem ich mich meines Gewehrs entledigt hatte, von einem tragischen Werwolf-Vorgang: „Den Amerikanern war im Wald bei Rotenberg ein älterer Volkssturm-Mann begegnet. Weil der Volkssturm bei den anrückenden Truppen als eine Abteilung der Werwölfe galt, wurde der aus Weilimdorf stammende Mann erschossen.“

Pflichten des deutschen Soldaten, Dienstvorschrift vom 25. 5. 1934, lautet: „1. Die Wehrmacht ist der Waffenträger des deutschen Volkes. Sie schützt das Deutsche Reich und Vaterland, das im Nationalsozialismus geeinte Volk und seinen Lebensraum. Die Wurzeln ihrer Kraft liegen in einer ruhmreichen Vergangenheit, im deutschen Volkstum, deutscher Erde und deutscher Arbeit. — Der Dienst in der Wehrmacht ist Ehrendienst am deutschen Volk. 2. Die Ehre des Soldaten liegt im bedingungslosen Einsatz seiner Person für Volk und Vaterland bis zur Opferung seines Lebens. 3. Höchste Soldatentugend ist der kämpferische Mut. Er fordert Härte und Entschlossenheit. Feigheit ist schimpflich, Zaudern unsoldatisch. 4. Gehorsam ist die Grundlage der Wehrmacht, Vertrauen die Grundlage des Gehorsams. — Soldatisches Führertum beruht auf Verantwortungsfreude, überlegenem Können und unermüdlicher Fürsorge. 5. Große Leistungen in Krieg und Frieden entstehen nur in unerschütterlicher Kampfgemeinschaft von Führer und Truppe. 6. Kampfgemeinschaft erfordert Kameradschaft. Sie bewährt sich besonders in Not u. Gefahr. 7. Selbstbewußt und doch bescheiden, aufrecht und treu, gottesfürchtig und wahrhaft, verschwiegen und unbestechlich soll der Soldat dem ganzen Volk ein Vorbild männlicher Kraft sein. Nur Leistungen berechtigen zum Stolz. 8. Größten Lohn und höchstes Glück findet der Soldat im Bewußtsein freudig erfüllter Pflicht. — Charakter und Leistung bestimmen seinen Weg und Wert."

„Pflichten des deutschen Soldaten" wie sie im „Militärischen Wörterbuch" aufgelistet sind.

auf mich selbst gestellt sein würde, selber entscheiden müsse, was ich tue, vor allem mir selber Brot und Unterhalt zu verdienen hätte, dass es vorbei sei mit den mehr oder weniger geordneten Formationen, in denen man, wenn auch nicht besonders gut, mit Kleidern und Essen versorgt wurde. Dass ich aber auch keine Familie habe, die auf mich wartet und die mich versorgt, dass ich von jetzt an ganz auf mich selbst gestellt sein würde. Das war für mich, im Gegensatz zu vielen anderen, die einschneidendste Erkenntnis in dieser turbulenten Zeit und ein Ende meiner Zeit als Träumer.

Zunächst aber gingen wir weiter durch den Schurwald, durch Obstgärten und Felder. Am Nachmittag kamen wir nach Büchenbronn, zu den Verwandten von Heinz Schloz. Dort haben wir noch mal richtig gut gevespert, denn die Amerikaner waren noch nicht dort gewesen. Man hat mir später erzählt, ich sei beim Essen eingeschlafen, denn wir hatten, seit Gagernberg, keine Nacht mehr Ruhe gefunden. Wir waren ja meistens in Bewegung und konnten nur zwischendurch ein bisschen vor uns hin dösen.

Irgendwann gab es in der Nähe wieder eine Schießerei, da haben wir uns auf den Weg hinunter ins Filstal gemacht. Ich dachte daran, auf der anderen Seite zur Alb weiterzugehen, Heinz Schloz dagegen wollte den Versuch machen, Richtung Altbach nach Hause zu kommen. Kurz vor Ebersbach am Ortsrand gab es ein Erlebnis, das sich mir dauerhaft eingeprägt hat: Wir kamen den Berg herunter und im Eingang eines der ersten Häuser standen zwei junge, neugierig schauende Mädchen. Sie schauten zu uns herauf und ich freute mich, achtzehn Jahre alt und dauernd unter Männern, auf ein kurzes Schwätzle. Dann aber hörte ich von Ferne, wie eine zur anderen sagte: „Emmer no Deitsche!" Sie haben wohl auf die neue Zeit gewartet, und wir beiden – wie überhaupt alle deutschen Landser – waren noch aus der alten Zeit, keine sehr attraktiven Gestalten. Seit vier Wochen hatten wir dieselben Kleider an und schlurgten daher, abgerissen, müde und ein bisschen stumpfsinnig. Die anderen hinter uns kamen auf weichen Sohlen, mit wohl organisiertem Nachschub im Rücken und Schokolade in der Tasche. Sie waren sicher interessanter als wir. In der Schule hatten wir aus Heldengeschichten und Sagen gehört, die germanischen Frauen hätten hinter der Front ihre Brüste freigelegt und sich so ihren Männern und den Jünglingen entgegengestellt. Auf diese Weise sollten die Krieger an der Flucht gehindert und gezwungen werden, dem Feind weiterhin Widerstand zu leisten. Das hatten wir natürlich nicht erwartet. Wir wollten ja auch keinen Widerstand mehr leisten, obwohl wir ganz gerne mal eine entblößte Brust gesehen hätten. Für die Jungmädel und BDM-Mädchen war dieses Zeitalter nun offenbar auch vorbei.

Unten in Ebersbach, in der Ortsmitte, war das absolute Chaos. Auch von der anderen Talseite kamen zurückgehende Soldaten.

Sie erzählten, Richtung Alb sei schon alles besetzt. So dachten wir, dass am ehesten der Stuttgarter Raum noch nicht ganz besetzt und nur eingekesselt sei, dass demnach eine Chance bestehe, nach Altbach durchzukommen. Wir gingen also filsabwärts Richtung Plochingen. 1939, nach dem Polenfeldzug, wurde in der Wochenschau eine Sequenz über eine Straße gezeigt, auf der Polen flüchteten. Der Kommentar lautete: „Mit Mann und Ross und Wagen, hat sie der Herr geschlagen." Genau so sah nun diese Straße zwischen Ebersbach, Reichenbach und Plochingen aus. Nur waren diesmal wir die Geschlagenen. Gegen Abend kamen wir völlig durchnässt – unterwegs hatte es geregnet – in Altbach an. Heinz' Eltern haben sich natürlich gefreut, dass wir da waren, dass er noch lebte und dass der Krieg wohl bald vorbei sein würde. Nach einem guten Essen wollten wir nichts als ein paar Stunden schlafen, um dann zu sehen, ob wir uns vielleicht in einem Weinberghäusle oder in den Obstgärten verstecken könnten.
Ich habe ein eigenes Zimmer bekommen mit einem schönen Bett. Meinen nassen Kittel habe ich über den Stuhl gehängt, alles, was ich in den Taschen hatte – auch die Pistole –, auf den Tisch gelegt und bin sofort eingeschlafen. Aufgewacht bin ich am nächsten Morgen, es war der 22. April, als jemand in der Stube stand und sagte: „Come on, boy!"
Alles, was auf dem Tisch lag, Pistole und Habseligkeiten, hat er mit einer großen Handbewegung einkassiert. Beim Aufstehen sah ich durch das Fenster, dass auf der Straße Schützenpanzerwagen standen und es von amerikanischen Soldaten wimmelte.
Damit waren mein dreiwöchiger Feldzug durch das schwäbische Unterland und auch ein Lebensabschnitt beendet. Ich hatte ihn lebend, ohne Verwundung und ohne größeren Schaden überstanden.
Adolf Hitler hatte einmal gesagt: „Was im Kampf übrig bleibt, sind ohnedies nur die Minderwertigen, denn die Guten sind gefallen." Aufgrund meiner Erziehung und Ausbildung musste ich mich zu den Minderwertigen rechnen.

Gefangen

Es dauerte aber beinahe noch zwei Jahre, bis ich endgültig frei war.
Wehmut kam auf, als ich, stehend eingeklemmt auf einem bei Plochingen zum Schurwald hinauffahrenden Lastwagen, die Schwäbische Alb entschwinden sah und wir dann durch den Schwäbischen Wald und den Kraichgau, vorbei an in Dörfern verhalten winkenden Frauen und Kindern transportiert wur-

186

II. TEIL

Zulässige Anschrift des Wehrmachtsangehörigen
IN BLOCKSCHRIFT

FELLBACH (WÜRTT) 23.11.45.-18 e

Briefmarke

Dienstgrad, Name, Vorname : Gefr. LUZ, HANS

Kriegsgefangene Nummer : 1917139 31-G

1786 LAB. SUP.V. CO./2985

10th LAB. SUP. V. AREA

A.P.O. 513

(AMERIKANISCHE ZONE)

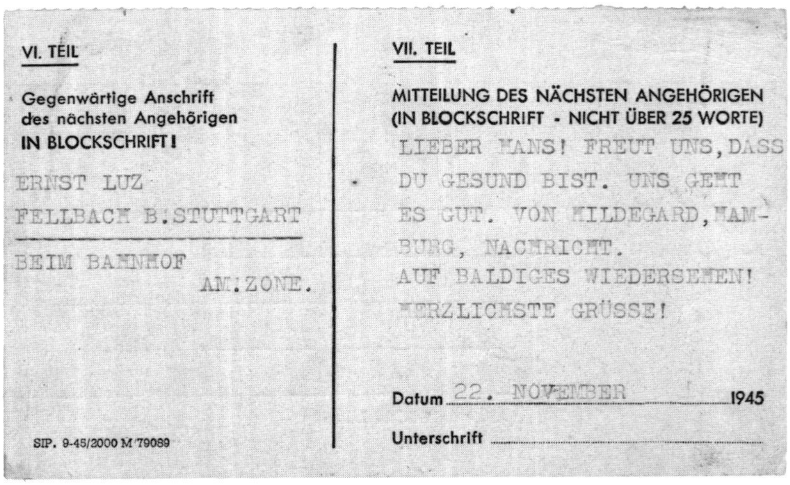

VI. TEIL

Gegenwärtige Anschrift
des nächsten Angehörigen
IN BLOCKSCHRIFT!

ERNST LUZ
FELLBACH B.STUTTGART
BEIM BAHNHOF
AM.ZONE.

SIP. 9-45/2000 M 79089

VII. TEIL

MITTEILUNG DES NÄCHSTEN ANGEHÖRIGEN
(IN BLOCKSCHRIFT - NICHT ÜBER 25 WORTE)

LIEBER HANS! FREUT UNS, DASS
DU GESUND BIST. UNS GEHT
ES GUT. VON HILDEGARD, HAM-
BURG, NACHRICHT.
AUF BALDIGES WIEDERSEHEN!
HERZLICHSTE GRÜSSE!

Datum 22. NOVEMBER 1945

Unterschrift

Post vom 22. November 1945 aus der Heimat in die amerikanische Gefangenschaft.

den: zuerst nach Heilbronn, dann nach Ludwigshafen und weiter nach Frankreich.
Die Zeit der Gefangenschaft war dann, gemessen an dem, was andere in russischer oder auch französischer Kriegsgefangenschaft durchleben mussten, insgesamt erträglich.
Die ersten beiden Monate mit einem kalten und nassen Mai auf dem blanken Boden und bei einer durch Hunger immer schlechter werdenden körperlichen Verfassung, waren hart. Danach meist in ehemaligen Kasernen, mit 15 bis 20 anderen. Beengt in einem kleinen Raum, zum Essen, Schlafen, Freizeit immer beieinander, kreisten die Gespräche in der ersten Zeit immer nur ums Essen, später um Frauen und dann fast nur noch um die Entlassung. „I mecht hoim" murmelten die Schwaben bei jeder Gelegenheit vor sich hin.
Ich hatte Pech: zuerst, 1945, wurden die Jungen unter 18 Jahren entlassen, ich war 18½ ; später, 1946, wurden dann die „Alten" über 30 entlassen. Bei mir sollte es noch ein wenig länger dauern. Doch darüber später.

Ein paar Erlebnisse aus der Gefangenschaft:

In der ersten Zeit lagen wir in Ludwigshafen, immer mehrere Tausend in einem Stacheldrahtgeviert auf dem nassen Boden eines Brachlandes. Ich hatte als einer der ganz wenigen meine Zeltbahn durch alle Filzerei hindurch gerettet und mit einem zufällig auf dem Gelände herumliegenden verrosteten Bierhahn als Stange ein kleines Zelt gebaut. Bei Nacht schlüpften immer fünf bis sechs andere mit unter diese beiden Zeltbahnen. Es war so eng, dass alle nur in derselben Richtung liegen konnten, zum Umdrehen mussten dies alle gleichzeitig tun. Ich hatte mit nichts mehr auf den Knochen immer schnell Schmerzen in meinen Hüftknochen und musste geduldig warten, bis alle einmal wach und zum Umdrehen bereit waren.
In einer solchen Situation schossen die Wachmannschaften mit ihren Maschinengewehren aus allen Richtungen über unsere Köpfe. Ich sagte: „Jetzt ist Frieden". Es war der 8. Mai. Ich war in einem so elenden Zustand, dass es mir gleichgültig gewesen wäre, wenn sie auch mich mit erschossen hätten.

Auf einem Durchgangslager an Pfingsten in Epinal zeigte man uns Bilder von der Öffnung der Konzentrationslager. Viele meinten, das sei Propaganda. Für mich bedeuteten diese Bilder, dass, wenn dies alles wahr sei, wir nicht so schnell nach Hause kommen würden und unser Leben noch lange irgendwo als Arbeitssklaven verbringen müssten.
Ich glaubte, diese Leute seien „normale“ KZ-Häftlinge. Aber dass man die Juden nach der Einwohnermeldeliste eingesammelt und umgebracht hat, dieses ungeheuerliche und einmalige Ausmaß eines Verbrechens ist mir erst viel später ins Bewusstsein gebracht worden.
Als es dann Jahrzehnte später darum ging, für diese Verbrechen eine Gedenkstätte zu errichten, habe ich nie daran gedacht, an einem solchen Wettbewerb teilzunehmen, weil ich der Meinung war, dass die Darstellung eines solchen Holocaust in einer Gedenkstätte nicht möglich ist.
Anfang Juni kamen wir nach Metz, um in einem Nachschublager für Armeefahrzeuge zu arbeiten. Nach einem Vierteljahr in Massen- und Durchgangslagern stand ich an meinem 19. Geburtstag ausgehungert, kurz vor dem Mittagessen, beim Zählappell. Als es hieß: „Gefreiter Luz, vortreten!“, war ich zu Tode erschrocken. Am Abend zuvor hatten sie einen, der in der Küche beim Diebstahl ertappt worden war, Spießruten laufen lassen und ihm auf dem Haar ein Kreuz ausrasiert. Mit leicht schlotternden Knien wartete ich, was der Spieß sagen würde. Der aber gratulierte mir zum 19. Geburtstag und verkündete, dass ab jetzt jeder, der Geburtstag habe, eine doppelte Mittagsration erhalte. Mich traf es als Ersten, weil ich eben als Erster in diesem Lager Geburtstag hatte. Das war das schönste Geburtstagsgeschenk meines Lebens. Viele Jahre später las ich einmal im „Stern“ eine Notiz zum 19. Geburtstag von Julian Lennon mit einem Bild des Beatles-Sohns, neben ihm zwei junge Mädchen mit nackten Brüsten als Gratulantinnen und darunter stand: „Julian Lennon, 19, Sohn des vor anderthalb Jahren ermordeten Ex-Beatle John Lennon, nutzt

Zeichnungen aus den Durchgangslagern Heilbronn und Ludwigshafen, mit einem Bleistiftstummel auf Papierreste gebracht. Oben das Lager Heilbronn, dahinter eine leerstehende Fabrik. Die krumm stehenden Pfosten lassen ahnen, daß dieses Lager in aller Eile errichtet wurde.
Unten das Zelt im Lager Ludwigshafen, mein Aufenthaltsort von Ende April bis Juni 1945.
Der April war warm, fast sommerlich. Anfang Mai wurde es dann hundekalt und nass.

Skizze vom Wachtturm im Lager Ludwigshafen.

Gefangenentheater. Zweiter von rechts mit Fliege ich als Graf von und zu Hohenprotzmann. Besonders melancholisch stimmten mich die als Mädchen verkleideten Kriegsgefangenen.

das Millionenerbe seines Vaters für ein fröhliches Lotterleben. Aus Anlass seines 19. Geburtstages ließ er einen Londoner Nachtclub für das gewöhnliche Publikum sperren, um ungestört mit seinen Lieben dort eine Party zu feiern. Es wurde ein rauschendes Fest. Die Putzfrauen sammelten am nächsten Morgen acht Höschen, zwölf BHs, sechs Perücken und ein leicht zerknittertes Bild der englischen Premierministerin Margret Thatcher auf. Auf das einzige Tabu des Abends wies ein kleines diskretes Acrylschild hin, das auf einem der Tische lag: Es ist verboten, sich auf der Torte zu lieben!" Ich war an meinem 19. Geburtstag glücklich über einen Liter Wassersuppe mit Gemüsebrocken.
Eine Zeit lang sang ich den Bass im „Stacheldrahtsextett" und spielte in einer Theatergruppe mit. Wir fuhren auch zu Vorführungen in andere Lager. Einmal wurden wir weit außerhalb des Lagers abgeladen. Beim Überqueren einer am Horizont verschwindenden Straße erfasste mich die Sehnsucht nach Freiheit und ich summte den Gefangenenchor aus Fidelio vor mich hin:
O welche Lust! In freier Luft den Atem leicht zu heben.
Aber bald hatte uns der Stacheldraht wieder fest im Griff.
Das Nachschublager, in dem ich gearbeitet habe, wurde im Herbst 1946 an die Franzosen übergeben. Als alles sauber verpackt – in manche Kisten haben die P.W. auch nur allerhand Schrott gepackt – auf einer großen Fläche an der Mosel bereitgestellt wurde und ich die riesigen Mengen an Kriegsmaterial sah: Panzer, Schützenpanzerwagen, LWK, massenhaft aufgetürmte Kisten und Container usw., sagte ich zu meinem Kumpel, dass es sicher noch viele Kriege geben werde. Denn mir war klar, dass diejenigen, die diese Waffen gebaut und viel Geld damit verdient haben, auch weiterhin Waffen bauen werden. Und, wenn es neue Waffen gebe, die alten immer an den nächst Ärmeren verkauft und immer wieder irgendwo Kriege angezettelt würden.
Dies war mir schon 1946 klar und ich war überzeugt und froh, dass wir Deutschen nie wieder Waffen produzieren dürfen und nach allem, was geschehen war, auch nie mehr produzieren würden. Ich war entsetzt, als wenige Jahre später auch die Deutschen wieder anfingen, Waffen herzustellen.
Danach wurde ich mit vielen anderen in ein großes Übergangslager nach Attichy nördlich von Paris verlegt. Die Fahrt, quer durch Frankreich von Metz bis beinahe nach Paris, war ein Erlebnis besonderer Art. Wenn 50, 60 oder mehr Gefangene dicht gedrängt auf einem langen Sattelschlepper stehen, ist die ganze Masse wie ein Körper, der jede Bewegung des Fahrzeugs mitmacht: bei den langen, geraden Alleen jede Änderung der Neigung und Steigung,

die Visierbrüche mit der Umkehr in die Abfahrt, die vielen Kurven mit allen möglichen unterschiedlichen Radien. Der schwarze Fahrer fuhr so schnell, wie es sein Gaspedal hergab. So habe ich die Topografie Frankreichs von Lothringen bis zum Raum Paris in allen Nuancen am ganzen Leib, sozusagen leibhaftig, erlebt.
Im Marschbefehl des Fahrers waren wohl auch regelmäßige Pinkelpausen vorgesehen. Einmal hielt er dazu mitten auf einem der vielen schönen, baumüberstandenen Marktplätze. Nicht gerade eine noble Geste gegenüber seinen Bundesgenossen. Da sagte ich zu meinem Kumpel neben mir, „Karle, das müssen wir ausnützen, die Gelegenheit, mitten auf einen französischen Marktplatz zu pinkeln, kriegen wir vielleicht nie wieder“. Und so war es auch.

NSDAP-Mitgliedschaft

Kurz vor Kriegsende bin ich noch in die NSDAP geraten. Damals ging es, wie Medienberichte aus jüngster Zeit zeigen, vielen meiner Jahrgangsgenossen ebenso. Bekannt geworden ist etwa das Beispiel von Martin Broszat, Jahrgang 1926 wie ich, einer der überragenden NS-Forscher und über lange Jahre Direktor des renommierten

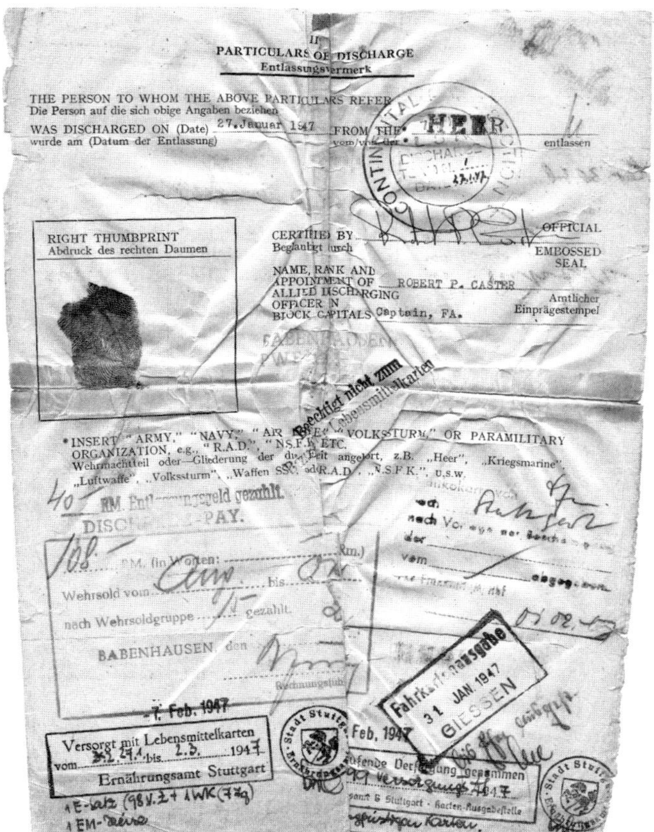
II
PARTICULARS OF DISCHARGE
Entlassungsvermerk
THE PERSON TO WHOM THE ABOVE PARTICULARS REFER
Die Person auf die sich obige Angaben beziehen
WAS DISCHARGED ON (Date) 27.Januar 1947 FROM THE* HEER
wurde am (Datum der Entlassung) vom/von der* entlassen
RIGHT THUMBPRINT
Abdruck des rechten Daumen
CERTIFIED BY
Beglaubigt durch
OFFICIAL EMBOSSED SEAL
Amtlicher Einprägestempel
NAME, RANK AND APPOINTMENT OF ALLIED DISCHARGING OFFICER IN BLOCK CAPITALS ROBERT P. CASTER Captain, FA.
Berechtigt nicht zum Bezug von Lebensmittelkarten
* INSERT "ARMY," "NAVY," "AIR FORCE," "VOLKSSTURM," OR PARAMILITARY ORGANIZATION, e.g., "R.A.D.", "N.S.F.K." ETC.
Wehrmachtteil oder—Gliederung der die Zeit angehört, z.B. „Heer", „Kriegsmarine", „Luftwaffe", „Volkssturm", „Waffen SS", od. R.A.D.", „N.S.F.K.", u.s.w.
40 RM. Entlassungsgeld gezahlt.
DISCHARGE PAY.
RM. (in Worten: Rm.)
Wehrsold vom bis
nach Wehrsoldgruppe gezahlt.
BABENHAUSEN, den
Rechnungsführer
7. Feb. 1947
Versorgt mit Lebensmittelkarten vom 27.1. bis 2.3. 1947
Ernährungsamt Stuttgart
Fahrkartenausgabe
31 JAN. 1947
GIESSEN
Stadt Stuttgart
Feb. 1947

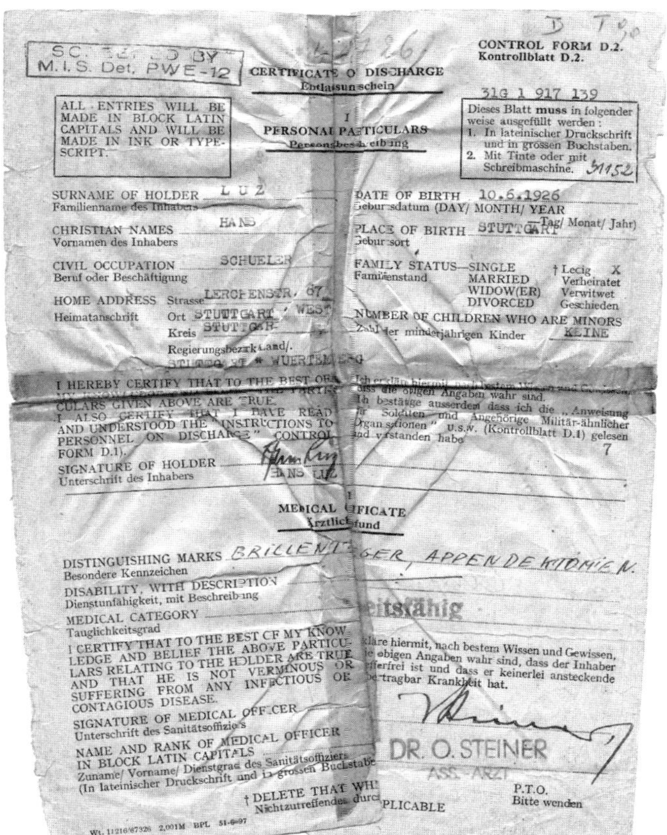
SCREENED BY
M.I.S. Det. PWE-12
CONTROL FORM D.2.
Kontrollblatt D.2.
CERTIFICATE OF DISCHARGE
Entlassungsschein
31G 1 917 139
ALL ENTRIES WILL BE MADE IN BLOCK LATIN CAPITALS AND WILL BE MADE IN INK OR TYPESCRIPT.
I
PERSONAL PARTICULARS
Personenbeschreibung
Dieses Blatt muss in folgender weise ausgefüllt werden:
1. In lateinischer Druckschrift und in grossen Buchstaben.
2. Mit Tinte oder mit Schreibmaschine.
SURNAME OF HOLDER LUZ
Familienname des Inhabers
DATE OF BIRTH 10.6.1926
Geburtsdatum (DAY/ MONTH/ YEAR — Tag/ Monat/ Jahr)
CHRISTIAN NAMES HANS
Vornamen des Inhabers
PLACE OF BIRTH STUTTGART
Geburtsort
CIVIL OCCUPATION SCHUELER
Beruf oder Beschäftigung
FAMILY STATUS—SINGLE † Ledig X
Familienstand MARRIED Verheiratet
WIDOW(ER) Verwitwet
DIVORCED Geschieden
HOME ADDRESS Strasse LERCHENSTR. 67
Heimatanschrift Ort STUTTGART / WEST
Kreis STUTTGART
Regierungsbezirk/Land/. STUTTGART * WUERTEMBERG
NUMBER OF CHILDREN WHO ARE MINORS
Zahl der minderjährigen Kinder KEINE
I HEREBY CERTIFY THAT TO THE BEST OF MY KNOWLEDGE AND BELIEF THE PARTICULARS GIVEN ABOVE ARE TRUE.
I ALSO CERTIFY THAT I HAVE READ AND UNDERSTOOD THE "INSTRUCTIONS TO PERSONNEL ON DISCHARGE" CONTROL FORM D.1).
Ich erkläre hiermit, nach bestem Wissen und Gewissen, dass die obigen Angaben wahr sind.
Ich bestätige ausserdem dass ich die „Anweisung für Soldaten und Angehörige Militär-ähnlicher Organisationen" u.s.w. (Kontrollblatt D.1) gelesen und verstanden habe
SIGNATURE OF HOLDER
Unterschrift des Inhabers
HANS LUZ
II
MEDICAL CERTIFICATE
Ärztlicher Befund
DISTINGUISHING MARKS BRILLENTRÄGER, APPENDEKTOMIEN.
Besondere Kennzeichen
DISABILITY, WITH DESCRIPTION
Dienstunfähigkeit, mit Beschreibung
MEDICAL CATEGORY
Tauglichkeitsgrad
arbeitsfähig
I CERTIFY THAT TO THE BEST OF MY KNOWLEDGE AND BELIEF THE ABOVE PARTICULARS RELATING TO THE HOLDER ARE TRUE AND THAT HE IS NOT VERMINOUS OR SUFFERING FROM ANY INFECTIOUS OR CONTAGIOUS DISEASE.
Ich erkläre hiermit, nach bestem Wissen und Gewissen, dass die obigen Angaben wahr sind, dass der Inhaber ungezieferfrei ist und dass er keinerlei ansteckende oder übertragbar Krankheit hat.
SIGNATURE OF MEDICAL OFFICER
Unterschrift des Sanitätsoffiziers
NAME AND RANK OF MEDICAL OFFICER IN BLOCK LATIN CAPITALS
Zuname/ Vorname/ Dienstgrad des Sanitätsoffiziers (In lateinischer Druckschrift und in grossen Buchstaben)
DR. O. STEINER
ASS. ARZT
† DELETE THAT WHICH IS INAPPLICABLE
Nichtzutreffendes durchstreichen
P.T.O.
Bitte wenden
Wt. 11216/67326 2,001M BPL 51-6-97

Meine Entlassungspapiere aus der Gefangenschaft, abgestempelt am 27. Januar 1947. Als Beruf wird „Schüler“ angegeben, als besonderes Kennzeichen „Brillenträger“. Nach ärztlichem Befund gelte ich als „arbeitsfähig“.

Nächste Seite: Die Münchner Lesebogen, meine geistige Wegzehrung auf dem Rückzug, in der Gefangenschaft eine große Hilfe, die lange Zeit zu überbrücken. Sie haben alle Filzungen überstanden und passten ebenso leicht in jeden Feldpostbrief wie in jede Rocktasche. Meine Mutter hat mir laufend welche geschickt. Schließlich waren sie allmählich etwas zerzaust und mussten mit amerikanischem Klebeband, das ein Kumpel aus der Schreibstube des Gefangenenlagers besorgte, geflickt werden, am meisten der „Faust" (Mitte). Aber auch der Schiller ist häufig gelesen und entsprechend geklebt, dem geliebten Eichendorff fehlt ein ziemliches Eck. Diese Lesebogen vermittelten ein parteikonform eingeschränktes Bild über die deutsche Literatur. Einen Dichter wie Heinrich Heine etwa gab es im Dritten Reich nicht. Unter seiner allbekannten „Loreley" stand damals „Dichter unbekannt".

Unten: Einstellungsbescheid meines Spruchkammerverfahrens – mit Nachporto.

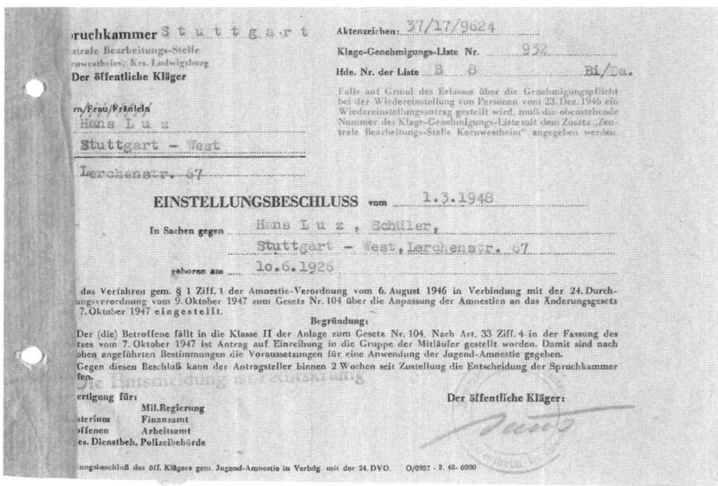
ruchkammer Stuttgart
trale Bearbeitungs-Stelle
rnwestheim, Krs. Ludwigsburg
Der öffentliche Kläger

Aktenzeichen: 37/17/9624
Klage-Genehmigungs-Liste Nr. 932
lfde. Nr. der Liste B 8 Bi/Da.

Falls auf Grund des Erlasses über die Genehmigungspflicht bei der Wiedereinstellung von Personen vom 23. Dez. 1946 ein Wiedereinstellungsantrag gestellt wird, muß die obenstehende Nummer der Klage-Genehmigungs-Liste mit dem Zusatz „Zentrale Bearbeitungs-Stelle Kornwestheim" angegeben werden.

rn/Frau/Fräulein
Hans Luz
Stuttgart – West
Lerchenstr. 67

EINSTELLUNGSBESCHLUSS vom 1.3.1948

In Sachen gegen Hans Luz, Schüler,
Stuttgart – West, Lerchenstr. 67
geboren am 10.6.1926

das Verfahren gem. § 1 Ziff. 1 der Amnestie-Verordnung vom 6. August 1946 in Verbindung mit der 24. Durchungsverordnung vom 9. Oktober 1947 zum Gesetz Nr. 104 über die Anpassung der Amnestien an das Änderungsgesetz 7. Oktober 1947 eingestellt.

Begründung:

Der (die) Betroffene fällt in die Klasse II der Anlage zum Gesetz Nr. 104. Nach Art. 33 Ziff. 4 in der Fassung des tzes vom 7. Oktober 1947 ist Antrag auf Einreihung in die Gruppe der Mitläufer gestellt worden. Damit sind nach oben angeführten Bestimmungen die Voraussetzungen für eine Anwendung der Jugend-Amnestie gegeben.
Gegen diesen Beschluß kann der Antragsteller binnen 2 Wochen seit Zustellung die Entscheidung der Spruchkammer fen.

ertigung für:
Mil.Regierung
sterium Finanzamt
offenen Arbeitsamt
es. Dienstbeh. Polizeibehörde

Der öffentliche Kläger:

ungsbeschluß des öff. Klägers gem. Jugend-Amnestie in Verbdg. mit der 24. DVO. O/0957 - 2. 48- 6000

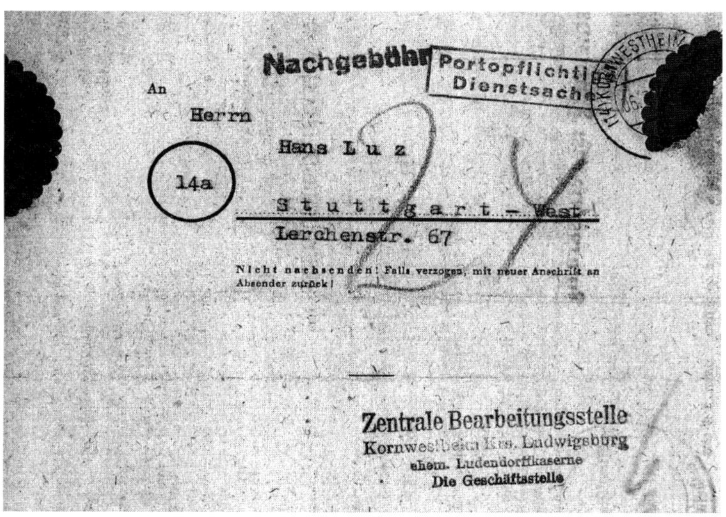
Nachgebühr
Portopflichtige Dienstsache
An
Herrn
Hans Luz
14a
Stuttgart – West
Lerchenstr. 67
Nicht nachsenden! Falls verzogen, mit neuer Anschrift an Absender zurück!
Zentrale Bearbeitungsstelle
Kornwestheim Krs. Ludwigsburg
ehem. Ludendorffkaserne
Die Geschäftsstelle

Münchner Instituts für Zeitgeschichte. Broszat wurde seit Mitte 1944 als NSDAP-Mitglied geführt, ohne je einen Parteiausweis gehabt noch ein Aufnahmegesuch unterschrieben zu haben. Sein Schüler Norbert Frei zieht daraus nach intensiven Studien den Schluss: „Verschweigen kann ein Mensch nur, was er weiß, beschweigen nur, was ihm bewusst ist. Nach Lage der Dinge ist es unwahrscheinlich, dass Martin Broszat von seiner Parteiaufnahme wusste." („DIE ZEIT" vom 11. 9. 2003)

Bei mir war es irgendwie ähnlich: Ende 1944 schrieb mir meine Mutter in einem Feldpostbrief unter vielem anderen, der Blockwart sei dagewesen und habe gesagt, dass alle Jungen und Mädchen, die in diesem Jahr 18 geworden sind, in die Partei aufgenommen werden könnten. Ich sei auch dabei und meine Aufnahme finde am Sonntag bei einer kleinen Feierstunde statt. Für mich war das im ganzen Geschehen damals ein unbedeutendes, fast nebensächliches Ereignis. Eine offizielle Mitteilung darüber oder auch einen Mitgliedsausweis habe ich nicht erhalten.

Für die Aufnahme in die Partei bestand seit dem 1. Mai 1933 für längere Zeit ein Aufnahmestopp. Nach der Machtergreifung und insbesondere nach den Wahlen vom 5. März 1933 war der Zulauf so groß, dass man von den „Märzgefallenen" sprach. Es gab deshalb eine Art Aufnahmestopp bis zum 1. Mai 1939.

Für die Achtzehnjährigen sollte der Eintritt in die Partei allerdings erheblich erleichtert werden, denn die neu erstehende „Staatsjugend" gehörte nach Auffassung der NSDAP notwendig in die Partei.

Ob bei mir der Blockwart von meiner Mutter eine, wenn auch nur mündliche Einwilligung verlangt hatte oder auch gar keine, weiß ich nicht. Trotzdem habe ich in der Gefangenschaft diese „NSDAP-Mitgliedschaft" in allen Fragebögen angegeben. Und wahrscheinlich bin ich deshalb erst ein halbes Jahr später freigekommen. Denn als das Lager in Metz Mitte 1946 aufgegeben wurde, sind die allermeisten nach Hause entlassen worden. Ich aber kam über das Durchgangslager Attichy bei Paris, das berüchtigt war, weil dort auch viele ehemalige Wehrmachtssoldaten an die Franzosen übergeben worden sind, noch zu unterschiedlichen Arbeitseinsätzen in Deutschland.

Entlassen wurde ich erst im Februar 1947 – für die amerikanische Gefangenschaft ziemlich spät! Bei der Spruchkammer, die in Kornwestheim saß, fiel ich als „Mitläufer" unter die Jugendamnestie. Für den Bescheid wurde dann eine Nachgebühr als „portopflichtige Dienstsache" erhoben.

EDUARD MÖRIKE
Gedichte
RECLAMS REIHENBÄNDCHEN NR. 6

SCHILLER
GROSSE
MONOLOGE
MÜNCHNER
LESEBOGEN

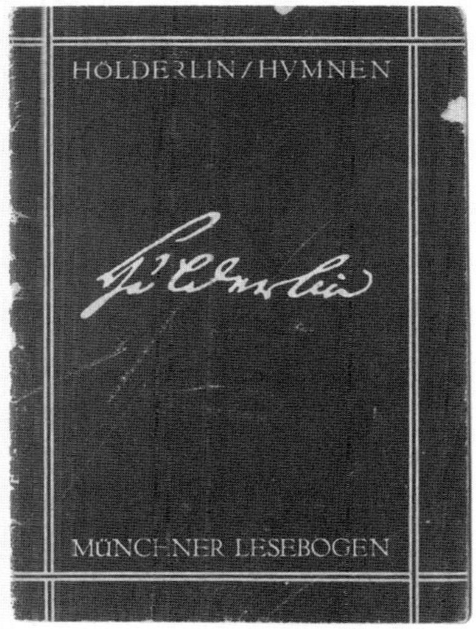
HÖLDERLIN / HYMNEN
MÜNCHNER LESEBOGEN

O Täler weit,
o Höhen!
Gedichte

ANDREAS STREICHER
FLUCHT MIT
SCHILLER
MÜNCHNER LESEBOGEN

SCHILLER
ÜBER DAS SCHÖNE
MÜNCHNER LESEBOGEN

GOETHE
UND LIEBEN,
GÖTTER,
WELCH EIN
GLÜCK!
MÜNCHNER
LESEBOGEN

G.E. Lessing
Vom Küssen
und vom
Trinken

Daheim

Unser Haus in der Lerchenstraße 67 in unzerstörtem Zustand.

Entlassen wurde ich in meinen Heimatort Stuttgart. Beneidet von vielen, die nach Hause in die russische Zone zurückfahren mussten oder völlig heimatlos geworden waren. Stuttgart war, obwohl zunächst von den Franzosen besetzt, bald an die Amerikaner übergeben worden und somit in der amerikanischen Zone. Dort lebte es sich damals, den Umständen entsprechend, noch relativ am besten.
Dies verdankten wir denen, gegen die wir kämpfen mussten oder sollten. Die haben uns eine neue Staatsform – die Demokratie – gebracht.
Denn bei allen liberalen Traditionen Württembergs, zu Demokratie und Meinungsfreiheit hätten wir es ohne die Amerikaner nicht geschafft.
Ich frage mich immer wieder, wie konnte es der Roosevelt fertigbringen, amerikanische Jungen mit 17, 18, 19, deren Heimat nie von uns bedroht wurde und nach Lage der Dinge auch nie ernsthaft bedroht werden konnte, so zu motivieren, dass sie in einem weit entfernten Kontinent in Landungsbooten, ohne jede Chance zurückzuweichen, auf eine waffenstarrende Küste losfuhren und, nachdem die erste Welle erbarmungslos niedergemäht worden war, gegen einen erbitterten Widerstand an Land gingen, an senkrechten Felsen hochstiegen, und für Freiheit und Demokratie kämpften.
Dies sind für mich die wahren Helden. Wir sind nur davongelaufen und haben überlebt. Wenn die Landung der Amerikaner in der Normandie gescheitert wäre, wären die Russen in Deutschland mit Sicherheit weiter als bis zur Elbe und so wohl auch bis zu uns vorgedrungen; bei uns hätte es erst Jahrzehnte später oder nie eine Demokratie gegeben.
Bevor ich eine berufliche Ausbildung beginnen konnte, musste ich erst noch mein Haus aufbauen. Dies war vor der Währungsreform mit schwieriger Materialbeschaffung, in Handarbeit und leerem Magen mühselig. Man brauchte für jeden Nagel einen Bezugsschein. Da war es hilfreich, dass ich als Nichtraucher eine ganze Tasche voller Zigaretten und Tabak aus der Gefangenschaft mitgebracht hatte. Diesen Schatz habe ich in der ersten Nacht nach meiner Entlassung im Wartesaal des Bahnhofs Frankfurt, auf ihm sitzend, ohne zu schlafen, mit Argusaugen bewacht und sicher nach Stuttgart gebracht.

Die Bombe war an der Hausecke, etwa einen Meter neben der Kellerwand eingeschlagen, hatte dort die Kellerwand eingedrückt und die darüberstehenden Wände zum Einsturz gebracht. Die Geschossdecken und auch das Dach hingen an dem stehen gebliebenen Teil des Hauses, das nur wenig beschädigt war, schräg übereinander nach unten. Die Decken waren aus

Holz mit Fußböden aus sehr schönen, langen Peach-pine-Brettern darüber.
Als ich 1947 nach Hause kam, war das Dach abgestützt, waren die Decken abgesägt, die Balken verschwunden und mit meinen schönen Peach-pine-Brettern die Verandafenster eines Nachbarhauses zugenagelt.
Als ich eines Abends Trümmerschutt aus dem Bombentrichter schaufelte – der Bombentrichter war zwei, drei Meter tiefer als der Kellerboden –, kam einer der Nachbarn. Als ich ihm sagte, dass die Bretter in den Fenstern seines Hauses mir gehören, sah er mich erstaunt an und sagte mit Blick in den Bombentrichter „Was glaubed denn Sie, was die, Ihr Bomb do, bei mir älles hee gmacht hodd?" Und dann zählte er lang und breit die zerbrochenen Fenster, den abgefallenen Putz usw. auf, mit dem Gedanken, dass es bei so viel Schaden durch „meine Bombe" doch wohl gerechtfertigt sei, zum Reparieren seines Hauses bei mir die Bretter zu holen.
Wenn ich jetzt im Fernsehen sehe, wie bei den vielen Abwürfen die Bomben in die Tiefe rauschen, denke ich immer, den sie trifft, der hat sie, dem gehört sie, wenn sie unten angekommen ist. Der muss sehen, wie er mit dem Schaden fertig wird.
Zum Wiederaufbau gehört auch noch eine kleine Geschichte, die mit Sekt zu tun hat: Als Jungen hatten wir keine Ahnung, was Sekt ist. Unsere Vorstellung war, das sei etwas ganz Besonderes. Gelegentlich hat man in Filmen befrackte Leute mit Zylinder und weißem Schal gesehen, die sich mit Sekt zugeprostet haben – Johannes Heesters oder Bilder aus Operetten. Heesters hat in „Wir machen Musik" ein Lied gesungen, da hieß es: „Der Klang des gespielten Klavieres wirkt auf sie so erregend wie Sekt". Aber wie Sekt schmeckt oder was Sekt ist, wusste man nicht, denn ihn gab es ja nicht.
Aber dann brachte mein Bruder in einem Urlaub aus Russland zwei Flaschen Sekt mit. Die wurden aufgehoben, sie sollten „nach dem Endsieg" getrunken werden. Als ich später, nach dem Krieg, mühselig mit einer schweren Holzschubkarre, mit eisenbeschlagenen Rädern und auf Dielen, Karre für Karre den Schutt aus dem Keller schaufelte, kam irgendwann auch eine dieser Sektflaschen zum Vorschein. Allerdings, allein auf der Ruine hockend wollte ich die Flasche nicht aufmachen, sondern warten, bis ich einmal ein Mädle habe, und so diesen Sekt weiter aufgehoben. Als dann dies große Ereignis stattfinden konnte und ich die Flasche öffnete, war da gar nichts! Nichts hat gezischt, nichts ist passiert, es kam lediglich eine rote Brühe aus der Flasche. Das war mein erstes Sekt-Erlebnis!
Entweder ist der Sekt im Keller verdorben oder, was ich noch eher vermute, ein russischer Bauer oder Schwarzhändler hat meinem Bruder rotes Wasser als Sekt aufgehängt.
Bei der Währungsreform bekam ich 40 DM, die geerbten Ersparnisse waren aufgebraucht und ein allerletzter Rest 1:10 abgewertet worden. Das Haus war im Rohbau fertig, und weil eine Kom-

Daheim angekommen stand ich vor der Ruine Lerchenstraße 67. Im Garten war ein Löschwasserteich entstanden, den wir mit dem Schutt der zerbombten Haushälfte auffüllten.

Frei von obrigkeitlichen Hindernissen die klare, ungehemmte Weglinie im Hohenheimer Schlosspark.

mission feststellte, dass am Stichtag, dem 19. Juni 1948, schon mehr als die Hälfte des Rohbaus fertig war, hatte ich Lastenausgleich zu zahlen, sodass ich schon in jungen Jahren zum Fertigbauen meines Hauses Schulden machen musste.
Als allein im Krieg Übriggebliebener habe ich geheiratet, eine Familie gegründet, Kinder bekommen.
An ein Studium war nicht zu denken. Wenn mich jemand nach meiner Ausbildung fragt, so erzähle ich immer diese Geschichte: Das Einzige, was ich wirklich gelernt habe, ist Strammstehen, rechts um, links um, schraubend und saugend den Kolbenhals umfassen. Das habe ich gelernt: im Deutschen Jungvolk, in der Hitlerjugend, im Wehrertüchtigungslager, als Luftwaffenhelfer bei der Flak, beim Arbeitsdienst, als Rekrut in der Wehrmacht und dann auch noch als Reserveoffiziersbewerber. Dies war eine große pädagogische Investition, die das Deutsche Reich auch allerhand Reichsmark gekostet hat, aber genutzt hat es überhaupt nichts.

Eine Erfahrung habe ich in all den Jahren auch gemacht: Auf Prognosen gebe ich nichts. Uns hat man gesagt, in kürzester Zeit haben wir keine Kohlen, keine Kartoffeln und keine Butter mehr. Die einzige Alternative ist, ein Gewehr in die Hand nehmen und im Osten neuen Lebensraum erobern. Bei Kriegsende standen die, denen wir den Lebensraum abnehmen sollten, an der Elbe. Und bald darauf hatten wir zu viel Kohle, zu viele Kartoffeln und zu viel Butter.

Das andere, was ich von jetzt an brauchte, hat nichts gekostet, ich habe es mir so nach und nach aneignen können. Ich musste noch zwei Prüfungen machen: eine Fahrprüfung, weil sie mir bei der Gefangennahme meinen Wehrmachtsführerschein Klasse II abgenommen haben, und dann noch eine Gärtnergehilfenprüfung. Dann war ich endgültig frei und konnte tun und lassen, was und wie ich es wollte.
Einmal noch begegnete ich dem preußischen Militarismus, er stand mir sogar geradezu im Weg. In den sechziger Jahren hatten wir in Hohenheim den Auftrag für einen neuen botanischen Garten. Dabei wollte ich auch die vom Schlossmittelpunkt, der Kuppel und der Altane ausgehende Hauptachse – die Jägerallee – wieder sichtbar machen und zu einem deutlichen Abschluss

bringen. Nun stand etwa auf dem halben Weg zwischen Schlossmittelpunkt und einem neu zu schaffenden halbrunden Abschlussplatz ein großer Natursteinblock mit einem Bronzerelief Otto von Bismarcks, also ein richtiges Bismarck-Denkmal. Der Bismarck mit riesigen Feldmarschallsachselklappen. Diese Achselklappen sind für mich immer das Zeichen von Hierarchie und Befehlsgewalt gewesen. Jeder mit einem Stern mehr auf der Achselklappe hat mehr zu sagen und Macht über den, der einen weniger oder überhaupt keinen hat. Die Achselklappen des Hohenheimer Bismarck sind besonders augenfällig.
Damals gab es noch nicht so viele Pläne diskutierende und korrigierende Kommissionen und auch das Denkmalamt war mit sich selbst beschäftigt und interessierte sich nicht für unser Tun. So haben wir den Bismarck kurz entschlossen einfach zur Seite geschoben.
Aber als ich dann, als alles fertig war, die neue Anlage den Hohenheimer Professoren zeigen und erläutern musste und dabei auch sagte, dass wir den Bismarck auf die Seite geschoben haben, hat einer der Professoren, der noch aus der von „Blut und Boden" geprägten Erzeugungsschlacht stammte, mich sehr gerügt: „Den Bismarck einfach zur Seite geschoben! Einfach zur Seite!". Aber ich habe mich trotzdem im Stillen gefreut. Denn der Bismarck störte nicht nur den räumlichen Zusammenhang und die Sichtbeziehung der Achse. Als schwäbischer Demokrat war es für mich auch eine Genugtuung, ihn nicht mehr an so prominenter Stelle mitten in der Achse eines von unserem Herzog Karl Eugen erbauten Schlosses und einer von König Wilhelm I. gegründeten Landwirtschaftlichen Universität stehen sehen zu müssen.
Aber das war es wohl ganz allgemein damals: „Einfach zur Seite geschoben". Wir haben vieles zur Seite geschoben und verdrängt und mehr nach vorne als nach hinten geschaut.

Den Bismarck, dessen Gedenksteinklotz einst die freie Sicht verstellt hatte, habe ich bei meiner ersten größeren Stuttgarter Arbeit „ins Grüne" geschoben, wo er heute in einem kleinen Hain auf der Schlossparkseite fast eingewachsen ist.

Zum Schluss

Wenn nun jetzt im Alter diese alten Geschichten, Begebenheiten und Erlebnisse wieder auftauchen, zurückkommen und ich sie sogar niederschreibe, stellt sich mir immer wieder die Frage: Warum ich? Warum bin ich als Einziger der Familie übrig geblieben, warum sind die vielen, vielen anderen gefallen und ich habe bei diesem millionenfachen Morden überlebt und ein erfülltes Leben gehabt? War es Schicksal oder Zufall?

Die Bombe auf mein Haus hat mich jäh aus einer behüteten Kindheit herausgerissen und meinen weiteren Lebensweg geprägt. Hätte der Pilot eine Sekunde oder vielleicht sogar nur eine halbe Sekunde später den Auslöseknopf gedrückt und die Bombe 10 oder 20 Meter vom Haus weg „abgeladen", wären vielleicht die Scheiben kaputtgegangen und sonst ein paar Schäden entstanden. Das Haus wäre stehen geblieben und niemand ums Leben gekommen. Ich wäre nach Hause gekommen und hätte von Mutter und Großmutter versorgt in aller Ruhe und Geborgenheit lernen, studieren und in ein neues Leben hineinwachsen können.

Mein Leben hätte sicher einen ganz anderen Verlauf genommen.

Zufall oder Schicksal – darüber haben sich Generationen von Gelehrten, Philosophen, Theologen, Psychologen und Neurologen die Köpfe zerbrochen. Eine der vielen Thesen dazu besagt, dass alle Ereignisse, auch die schlimmen, für die persönliche Entwicklung eines jeden gut und gewollt sind und ihn stärken. So bin ich mit dem zufrieden und im Einklang, wie alles war und gekommen ist.

Aber eine endgültige Antwort gibt es nicht und kann es auch nicht geben.

So bleibt Spielraum für noch viele wache Geister, weiter zu denken, zu sinnieren und zu träumen.

Biografie Hans Luz

1926	Am 10. Juni in Stuttgart geboren und dort aufgewachsen
1944	Kriegsabitur in Stuttgart, Kriegswehrdienst
1932–1944	Schulzeit, dabei: 1943/44 Luftwaffenhelfer und Kriegsabitur
1944/45	Reichsarbeitsdienst, Wehrmacht
April 1945	Dreiwöchiger Kriegseinsatz
1947/48	Wiederaufbau des zerstörten Hauses
1948–1952	Gärtnerlehre und Landschaftsgärtner
1953–1955	Weiterbildung zum Gartenarchitekten
Seit 1956	Garten- und Landschaftsarchitekt in Stuttgart Planung von Freiräumen – beginnend beim Hausgarten bis hin zu Gartenschauen, darunter in Stuttgart 1977 die Bundesgartenschau und 1993 die Internationale Gartenschau (IGA)
Seit 1975	Mitglied der Akademie der Künste, Berlin Honorarprofessor an der Universität Stuttgart Gegenwärtig wieder vermehrt Beschäftigung mit Literatur, Philosophie und Geschichte. Großer Nachholbedarf!

Veröffentlichungen
- „Stuttgarter Gärten“, 1980
- „Vom Vorgartenmäuerle zum Grünen U“, 1993

Abbildungsnachweis

Karl G. Geiger, Stuttgart: S. 37, S. 76, S. 77
Gemeinde Ilsfeld, S. 48
Hannes Kilian, Stuttgart: S. 20, S. 43
Stadt Stuttgart, Projekt Zeitgeschichte, S. 8
Alle anderen Bilder: Archiv Hans Luz